Verschlossenes Herz

Eine lesbische Liebesgeschichte

von

Anna Ruch

1. Auflage

November 2019

Coverfotos:

pixabay.de

Danke,

dass Du Dir mein Buch

gekauft hast.

Ich hoffe, dass Du beim Lesen genauso viel Spaß mit der Geschichte hast, wie ich beim Schreiben.

Ich freue mich, wenn Du mir eine positive Bewertung bei Amazon hinterlässt:

https://amzn.to/2p9mRjp

Diese Liebesgeschichte ist frei erfunden. Ähnlichkeiten zwischen tatsächlichen Begebenheiten und lebenden Personen sind rein zufällig.

Liebe ist wie Schach: manchmal spielt man blind, manchmal simultan – und immer ist die Dame die stärkste Figur.

Karl Farkas

Kapitel 1

„Nora, Du siehst schlecht aus. Wenn ich diesen widerlichen, aufgeblasenen Kerl in die Finger kriege, dann Gnade ihm Gott!“, sagte Nikolas Steglitz zu Nora, um seine Anteilnahme gebührend zum Ausdruck zu bringen. In der Tat ging es Nora nicht gut, und man konnte es ihr auch äußerlich ansehen. Sie hatte in der Zwischenzeit, seitdem ihr

Verlobter Vincent von Bosch sie kurz vor der Hochzeit eiskalt abserviert hatte, fünf Kilo abgenommen. Ohnehin war sie recht schlank und zierlich. Insbesondere machte Nora die öffentliche Demütigung schwer zu schaffen.

Vincent entstammte einer angesehenen Familie, die in der Öffentlichkeit stand. Insofern ließen Hohn und Spott in den Boulevardgazetten nicht lange auf sich warten. Nora Winter fühlte sich regelrecht beschmutzt und wäre am liebsten aus der Stadt Frankfurt geflohen. Zweit- und drittklassige Reporter verfolgten sie verstärkt in den ersten zwei Wochen, als der Schuft Vincent von heute auf morgen bekannt gab, die Verlobung mit der Modejournalistin Nora Winter gelöst und sich für eine andere Frau entschieden zu haben. Diese Frau, Esther von Hahnstein, kam wie er aus einer reichen Familie und passte nach seinen öffentlich getätigten Statements vor der Presse, angeblich besser zu ihm und seiner Familie. Das tat weh, zumal für Nora diese Entlobung völlig überraschend und gänzlich ohne Vorankündigung kam.

„Mach Dir keinen Kopf, Nikolas, ich werde schon darüber hinwegkommen. Es braucht aber eben etwas Zeit.“, gab ihm Nora von seiner Anteilnahme gerührt zur Antwort und nahm gegenüber ihres Chefs am Schreibtisch Platz.

„Ich habe eine Überraschung für Dich. “Die Modejournalistin sah ihren Boss erwartungsvoll durch gläserne Augen an. Es war ihr stets unangenehm, wenn man sie auf die Entlobung ansprach. Sofort füllten sich ihre Augen mit Tränen. „Ich werde Dich für die nächsten drei Wochen nach New York schicken. Dann entkommst Du erst mal der lästigen Boulevardpresse und ersparst Dir die pompöse Hochzeit dieses Mistkerls mit Esther von Hahnstein.“

„Das klingt verlockend, Niko. Aber was soll ich in New York? Und über wen soll ich von dort berichten?“
„Du sollst eine ausführliche Reportage über die Modedesignerin Jill Kerner machen. In zwei Wochen stellt sie ihre neue Kollektion vor. Die Leser unserer Modezeitschrift *Serafina* wollen mehr über diese Modegöttin wissen. Wie lebt sie? Mit wem lebt sie? Wie sieht ihr Alltag hinter den Kulissen der Modewelt aus? Diese Frau macht ja bekanntlich ein Geheimnis aus ihrem Privatleben.“
„Ausgerechnet über Jill Kerner. Sie ist doch bekannt dafür, abweisend und auch ziemlich arrogant und hochnäsig zu sein.“ Noras

Begeisterung hielt sich in Grenzen. Doch Nikolas ließ sich nicht so schnell abschütteln.

„Gerade deshalb, Nora, man weiß so gut wie nichts von ihrem Privatleben. Aber genau das interessiert die Leser der *Serafina*."
„Wird sie mich denn überhaupt empfangen?"
„Ja, das wird sie. Ihre Pressesprecherin und persönliche Assistentin Sandrine Borguette hat mir das schriftlich zugesagt, denn Jill Kerner möchte jetzt auch auf dem deutschen Modemarkt Fuß fassen."
„Ok, und Du glaubst, dass sich diese „Modegöttin" mir gegenüber öffnen wird?"
„Ich bin davon überzeugt, dass Du das auf jeden Fall schaffen wirst, denn Du bist doch auch eher eine zurückhaltende Person und nicht so aufdringlich wie unsere Meike, die immer gleich mit der Tür ins Haus fällt."

Trotz aller Bedenken kam Nora der Auftrag in New York gerade recht. Je weiter sie von Frankfurt entfernt sein würde, wenn ihr Ex-Verlobter Vincent mit seiner Esther vor den Traualtar schreiten würde, umso „besser" und umso „einfacher" würde sie dieses öffentliche Spektakel überstehen. New York war weit weg von Frankfurt, dort würde man wohl kaum über diese Hochzeit berichten. So bekannt waren die von Boschs nun auch wieder nicht. Und schon gar nicht Vincent, der sich mit dem Reichtum schmückte und im Glanz seiner

Familie sonnte. Dabei war er nur der Erbe seines erfolgreichen Vaters. Seine eigene Lebensleistung, zumindest bisher, war kaum nennenswert.

„Gut. Ich werde diese Reportage machen, Nikolas. Ich bin Dir sehr dankbar dafür und ich verspreche Dir, ich werde Dich nicht enttäuschen. Wann soll es denn losgehen?"
„Gleich morgen. Hier ist Dein Ticket, die Buchungsbestätigung des Hotels und ein Spesenvorschuss."

Der Modezeitungsverleger schob Nora einen großen Umschlag über den Tisch.
„Du gehst am besten jetzt gleich nach Hause und packst Deinen Koffer. Morgen um 10:30 geht Dein Flug von Frankfurt nach New York. Und nimm Dir ein Taxi zum Flughafen, damit mir nicht wieder eine fette Rechnung für das Parkhaus am Flughafen ins Haus schneit."
Nikolas zwinkerte ihr zu. „Da ist ja der gesamte Flug noch günstiger, als die Parkgebühren im Parkhaus." Nora verstand und lächelte verschmitzt. „Mache ich, Niko."

Nora war froh, das alles hinter sich lassen zu können. Sie fuhr ihren PC herunter, nahm ihre Tasche und fuhr nach Hause, um zu packen. Es fühlte sich gut an, schon morgen Frankfurt den Rücken zu kehren, auch wenn es nur für drei Wochen sein würde. Je mehr Abstand sie von diesem Mistkerl bekäme, umso eher konnte sie sich von dieser bitteren Enttäuschung erholen. Zumindest würde sie auf andere Gedanken kommen. Sechs Jahre ihres Lebens hatte sie Vincent gekostet – sechs Jahre zu viel! Dass er ein so falsches Spiel mit ihr trieb, das würde sie ihm nie verziehen. Er hätte ehrlich zu ihr sein können und sie vor allem nicht vor aller Welt blamieren müssen. Von der Auflösung der Verlobung hatte sie nur vier Wochen vor der geplanten Hochzeit durch die Presse erfahren. Das war feige und hinterhältig und traf sie wie ein Blitz aus heiterem Himmel. Dass seine Eltern eine Modejournalistin nicht gut genug für ihren Sprössling hielten, war Nora wohl bewusst, doch Vincent bekannte sich stets zu ihr. Zumindest dachte Nora das, bis sie jetzt eines Besseren belehrt worden war. Seitdem hatte sie Vincent nicht mehr gesehen. Er gab ihr weder eine Erklärung – noch entschuldigte er sich bei ihr. Von heute auf morgen verschwand er klamm heimlich aus ihrem Leben und warf Nora der Presse zum Fraß vor.

Sie hatte ihre Beziehung lange für glücklich gehalten. Doch so konnte man sich eben täuschen... Nora musste davon ausgehen, dass Vincent sie nicht liebte. Das saß wie ein tiefer Stachel in ihrer Seele. Niemals wieder würde sie einem Mann über den Weg trauen.

Als sie die Tür zu ihrem Apartment öffnete, blies ein lauer Sommerwind von der Terrasse entgegen und ins Innere der Wohnung. Nora hatte heute Morgen vergessen die Terrassentür zu schließen. Überhaupt war sie seit der Trennung von Vincent total konfus. Sie legte ihre Tasche auf dem Sofa ab, ging in die Küche und kochte sich erst mal einen Kaffee. Dann fuhr sie ihren Computer hoch, streifte sich die Schuhe ab und tauschte ihr Kleid gegen ein locker sitzendes T-Shirt und bequeme Shorts aus.

Der Sommer in Frankfurt war mal wieder heiß, fast noch heißer als im letzten Jahr. Doch die Wärme tat ihrer geschundenen Seele gut. Mit einer Tasse Kaffee setzte sich Nora an den Tisch auf der Terrasse. So viel Zeit musste sein, um sich erst einmal bewusst zu werden, wie viel Glück sie hatte, dass ihr Chef Nikolas Steglitz ihr diese Reportage in New York anvertraute. Bisher durfte sie nur innerhalb Europas für den Modeverlag tätig werden. Sie liebte ihre Arbeit für die Modezeitschrift *Serafina*, war es doch ein Hochglanzmagazin mit interessanten Hintergrund-Reportagen. Drei Wochen New York, das war schon eine tolle Sache und für sie eine gute Gelegenheit, sich zu profilieren. Dass es ausgerechnet Jill Kerner sein musste, machte ihr ein wenig Angst, denn diese Frau war für ihre

Unnahbarkeit und Arroganz bekannt und deshalb eine gefürchtete Gesprächspartnerin. Und jetzt sollte Nora sogar noch in ihr Privatleben eindringen. Ob das Jill Kerner allerdings zuließ, das mochte sie doch stark bezweifeln. Aber gut, Nora hatte die schriftliche Zusage ihrer Pressesprecherin und persönlichen Assistentin Sandrine Borguette und ihre Telefonnummer. Notfalls müsste sie eben mit dieser Sandrine Vorlieb nehmen, wenn sich die Modegöttin ihr gegenüber verschließen würde. Eine persönliche Assistentin hatte ja auch immer so allerhand zu berichten.

Nora setzte sich mit ihrer Kaffeetasse an den PC und begann zu recherchieren. Jill Kerner war eine imposante Erscheinung. Nora stieß zwar nicht auf ihr genaues Geburtsdatum, sie schätzte die Designerin aber auf Anfang/Mitte vierzig. Sie war eine blonde, kühle Erscheinung, sah attraktiv aus und wirkte auf den von ihr selbst veröffentlichten Fotos sehr selbstsicher und souverän, beinahe einschüchternd. Gewiss, sie konnte sich diese Distanziertheit leisten, gehörte sie doch zu den erfolgreichen Designerinnen am Modehimmel.

Nora konnte über ihr Privatleben nichts Nennenswertes finden. Jill Kerner liebte die Kunst, gutes Essen, exquisite Weine und exklusive Immobilien und natürlich die Mode. Von einem Lebenspartner oder einen Mann an ihrer Seite, darüber fand sie nichts in den spärlichen Reportagen, die über die Modegöttin außerhalb ihrer Tätigkeit bisher berichtet worden waren. Sandrine, ihre persönliche Assistentin, war eine junge, hübsche Frau Ende zwanzig, die nun schon seit fünf Jahren an der Seite der Designerin Jill Kerner arbeitete. Sie sah weitaus aufgeschlossener als ihre Chefin aus, gab sich jedoch auch sehr ehrgeizig und zielstrebig in den Interviews, die sie als Pressesprecherin gab. Fast beneidete Nora diese Assistentin, die französischer Abstammung war und nach eigenen Angaben im Big Apple wohl ihren Traumjob gefunden hatte. Davon träumten mit Sicherheit viele ehrgeizige Frauen, die eine Karriere im Ausland anstrebten.

Nora schrieb Sandrine Borguette eine E-Mail und kündigte ihren Besuch in New York an. Sie teilte ihr darin ihre Handynummer und das Hotel mit, in dem sie für die nächsten drei Wochen absteigen würde. Jill Kerner würde niemanden ihre private Nummer mitteilen, zumindest keinen Pressevertretern oder einer unbekannten Modejournalistin aus Frankfurt, die eine Reportage über die Grande Dame der Mode machen wollte. Obwohl das Hochglanzmodeblatt *Serafina* auch über Deutschland hinaus einen guten Ruf genoss, ging Nora nicht davon aus, dass das Modejournal Jill Kerner bekannt war. Bei ihrer Assistentin war das offenbar anders, denn sonst würde sich die Modegöttin, die mit ihrem Label jetzt auch in Deutschland Fuß fassen wollte, sich kaum dazu herablassen, den Leserinnen und Lesern darin einen Einblick in ihr Leben als Designerin zu geben.

Am Nachmittag packte Nora ihren Koffer, der zu meist aus eleganter, modischer Kleidung bestand. Schließlich fuhr sie ja nicht in den Urlaub, sondern auf eine modisch wichtige Geschäftsreise in das Epizentrum der Mode. Trotzdem packte sie legere Jeans und ihre Lieblingsoberteile mit ein, die sie bevorzugt in ihrer Freizeit trug. Auch ausgefallene T-Shirts und Sneakers fanden ihren Weg in Noras Reisetasche. Am Ende nahm sie einen Koffer mit Businesskleidung und eine Tasche mit Freizeitbekleidung mit auf die Reise.

Ihr Chef hatte für Nora das Iberostar 70 Park Avenue buchen lassen, ein Vier-Sterne-Hotel mit einem 24-Stunden-Fitnessbereich, das sich direkt auf der 5th Avenue befand. Das Hotel lag mitten im Herzen von Manhattan und nur unweit des Modeimperiums von Jill Kerner entfernt. Nora war überrascht. Normalerweise hatte Nikolas bisher immer nur Mittelklassehotels für die Modejournalisten genehmigt. Wie lieb *von Niko, dass er mir eine komfortablere Unterkunft in New York gönnt,* dachte Nora sich und musste darüber schmunzeln. Er schien sich wirklich Sorgen um sie und ihren Seelenzustand zu machen, sonst pflegte er nämlich eher einen sparsamen Umgang hinsichtlich der Reisekosten.

Sie wischte ihre Gedanken zur Seite und konzentrierte sich auf das, was nun im Big Apple auf sie zukam. Trotz der widrigen Umstände freute sich Nora auf New York. Sie war auch schon gespannt auf Jill Kerner und hoffte insgeheim, dass sie ihr doch auch persönlich ein wenig Einblick hinter die Kulissen der Modewelt geben würde und sie nicht nur an ihre Assistentin verwies.

Kurz nach elf ging Nora an dem Tag vor ihrer Abreise zu Bett. In der Nacht wachte sie immer wieder schweißgebadet auf. Das war in den letzten Wochen zur Normalität geworden - Nora träumte fast jede Nacht von Vincent. In jedem dieser Träume stand sie mit ihm vor dem Traualtar und die geladenen Gäste und Pressevertreter lachten sie höhnisch aus. Dann schubste Esther sie kurz vor dem Ja-Wort beiseite und trat in einem weißen Traum von Hochzeitskleid an ihre Stelle.

Nora hoffte inbrünstig, dass dieser Alptraum zumindest in New York endlich ein Ende finden würde.

Kapitel 2

Der JFK International Airport lag im Stadtteil Queens, etwa 30 km südöstlich von Manhattan. Das gebuchte Hotel lag inmitten Manhattans, nicht weit von der Modefirma Jill Kerner entfernt. Da die Fahrzeit abhängig von der Tageszeit und dem Verkehrsaufkommen war, musste Nora mit knapp einer Stunde Fahrtzeit rechnen. Sie war schon einmal in New York gewesen, das war allerdings schon viele Jahre her.

Gegen 15 Uhr checkte Nora im Hotel Iberostar 70 Park Avenue ein. Das Hotel befand sich in einem ruhigeren Viertel, in Murray Hill. Im Erdgeschoss gab es eine Kaffeebar und eine Cocktail-Lounge, die als freundliche Geste eine Gratis-Weinstunde anbot. Zur weiteren Ausstattung des ansprechenden Hotels gehörten ein rund um die Uhr geöffnetes Fitnesscenter und ein kostenloser Fahrradverleih. Das in ruhigen Farben gehaltene Zimmer verfügte über edle Bettwäsche, kostenloses WLAN, einen Flachbildfernseher, eine Minibar und Yogamatten. Wellnessbehandlungen konnten sogar auf dem Zimmer in Anspruch genommen werden – mit einem Wort: Nora fühlte sich dort sofort wohl und dankte insgeheim nochmal ihrem Boss Nikolas für sein Feingefühl und seine umwerfende Idee, sie mit diesem Auftrag eine Zeit lang aus der Schusslinie zu nehmen.

Dank der ausgezeichneten Lage in Midtown war das im romantischen Stil gehaltenen Boutique Hotel gerade mal fünf Minuten zu Fuß von der 5th Avenue und zehn Minuten vom Modeunternehmen Jill Kerner entfernt. Insbesondere gefiel Nora, dass sich der Madison Square Garden ganz in der Nähe befand. Nikolas Steglitz hatte die perfekte Lage für Noras Aufenthalt in New York ausgesucht. Es war Sommer und man konnte sich ohne Bedenken zu Fuß durch New York bewegen, was Nora gefiel, hatte sie doch immer schon ein wenig Abenteuerlust in sich gespürt.

Sandrine Borguette hatte an der Rezeption eine schriftliche Nachricht für Nora hinterlassen. Darin entschuldigte sie sich, dass sie Nora aus zeitlichen Gründen erst übermorgen empfangen könne. *Das fängt ja schon gut an…,* dachte sich Nora. Insofern hatte sie morgen einen ganzen Tag für sich in New York, den sie unbedingt nutzen wollte. Sie duschte, zog sich um und begab sich anschließend auf die Fifth Avenue, wo sich teure Boutiquen aneinanderreihten und sie musternden Blicken begegnete, die sie beim

Schlendern durch teure Sonnenbrillen anschauten. In diesem Stadtteil ging es ganz klar um „sehen und gesehen“ werden. Ganz klar war dies das passende Viertel, denn in dieser exklusiven Gegend war auch die Designerin Jill Kerner mit ihrem Unternehmen angesiedelt.

Nora machte einen ausgiebigen Spaziergang durch den Central Park. Seine Ruhe konnte man außerhalb des Stadtlärms in vollen Zügen genießen. Sie bewunderte die Kulisse der imposanten Wolkenkratzer bevor sie wieder zurück zur 5th Ave ging, um noch bei Tiffany & Co vorbeizuschauen. Nur die Reichen konnten es sich leisten, in den teuren Läden einzukaufen. Das waren in der Regel Menschen, die ein Haus oder Apartment östlich vom Central Park oder westlich des East Rivers besaßen. Ihre Wohnadressen verteilten sich allesamt östlich vom Central Park und westlich des East Rivers, dort wo die Reichen im teuersten Viertel New Yorks, der Upper East Side, wohnten. In dieser Gegend standen auch die pompösen Stadtvillen, die von Portiers überwacht und schwarzen Limousinen angefahren wurden.

Das dekadente Treiben zu beobachten bereitete Nora Spaß. Es erinnerte sie an Vincent von Bosch, dessen Familie in ähnlichem Stil residierte. Fast hätte sie dazu gehört... Ein bitteres Gefühl stieg in ihr auf.

Trotz alledem war Nora sichtlich begeistert von der aufregenden, weltberühmten Stadt am Hudson River, die dank ihrer eindrucksvollen und weiten Skyline, ihrer kulturellen Vielfalt und den charaktervollen Stadtvierteln wie keine zweite den Titel Metropole verdiente. New York City war auch für Nora die Stadt der Städte, ein Platz der unbegrenzten Möglichkeiten. Man musste sich nicht wundern, dass auch zahlreiche Prominente zu den Einwohnern dieser Weltstadt gehörten. New York hasste oder liebte man eben.

Gegen sieben kehrte Nora hungrig in ihr Hotel zurück, nahm in der Kaffeebar noch ein Snack zu sich und begab sich danach auf ihr Zimmer. Sie packte ihren Koffer und die Tasche aus, informierte ihren Chef per Mail über die um einen Tag verschobene Zusammenkunft mit Jill Kerners Assistentin und legte sich anschließend aufs Bett. Es dauerte nicht lange bis sie erschöpft einschlief.

In der ersten Nacht in New York träumte sie nicht ihren schrecklichen Alptraum, in dem sie mit Vincent vor den Traualtar trat und der sie seit der Trennung nächtlich verfolgte. Als sie am Morgen erwachte, fiel ihr dieser

Unterschied zu den letzten Nächten sofort auf, was ihr Wohlbefinden positiv beeinflusste.

Nora war der erste Hotelgast, der in der Kaffeebar das Frühstück zu sich nahm. Auf ihrem Programm stand heute die östliche Gegend um den Central Park, die Upper East Side. Hier vermutete sie auch die private Wohnadresse von Jill Kerner. Nikolas hatte Nora diesen Tipp gegeben, den er „von einer zuverlässigen Quelle“ hatte. So bot es sich an, den freien Tag mit etwas Recherche zu verbinden.

Die Gegend um die Upper East Side war bekannt als eines der wohlhabendsten und elegantesten Viertel New Yorks. Entsprechend vornehm zeigte sich dort auch das Straßenbild mit den edlen Stadthäusern. Eines der Stadthäuser oder der Villen musste der erfolgreichen Modedesignerin Jill Kerner gehören. Zu den Nachbarn der exklusiven Wohngegend zählten auch zahlreiche Prominente wie Madonna oder einige andere hochkarätige Musikstars. Auch Samuel L. Jackson war dort Besitzer einer teuren Immobilie.

Leider hatten die Reichen und Schönen keine Namensschilder an den pompösen Eingängen ihrer Immobilien angebracht. Nach mehr als einer Stunde gab Nora die Suche nach dem privaten Wohnsitz der Modeschöpferin auf. Es war eh von Anfang an verrückt gewesen darauf zu spekulieren, ihr privates Heim in dieser Großstadt finden zu wollen.

Kurz vor drei kehrte sie in ihr Hotel zurück. Von der Müdigkeit übermannt, legte sie sich nieder und schlief quasi sofort ein. Sie hatte mit dem Jetlag zu kämpfen. Erst gegen sechs Uhr abends erwachte sie wieder, holte sich einen Snack aus der Kaffeebar und setzte sich an ihren Laptop, um sich für den morgigen Tag vorzubereiten. Sie ging gerne gut vorbereitet in so ein Gespräch wie mit der Assistentin von Jill Kerner, also entwickelte sie den restlichen Abend ein Konzept für die Reportage und einen Fragekatalog, den sie morgen Schritt für Schritt mit ihr durchgehen wollte.

Nora wusste natürlich nicht, was in den kommen Wochen auf sie zukommen würde. Ob sie Jill Kerner überhaupt jemals persönlich sprechen würde, bezweifelte sie stark. Obwohl sie sie gerne persönlich interviewen würde, gab sich Frau Kerner wahrscheinlich eher nicht selbst mit den zahlreichen Interviewanfragen ab, sondern hatte dafür ihre Mitarbeiter. Vermutlich würde sie nur wenige private Dinge über das Leben - fern ab der Modewelt - von Sandrine Borguette über Jill Kerner erfahren. Bisher wusste sie nur, dass eine neue Kollektion in Vorbereitung war und dass die Modeschöpferin damit nun auch endlich in Deutschland Fuß fassen wollte. Diese Informationen hatte sie allerdings auch jetzt schon – Noras Chef würde sich damit zurecht nicht begnügen. Viel mehr wollte er den Lesern des Modemagazins *Serafina* viel mehr bieten, als nur die üblichen Informationen über Kerners Label: persönliche Fakten aus erster Hand, die er exklusiv mit seinem Modemagazin veröffentlichen konnte. Die Menschen interessierten sich stets dafür, wer sich hinter der Person eines berühmten Prominenten verbarg. Einfach würde es für Nora also nicht werden, diesem Anspruch gerecht zu werden – Jill Kerners Persönlichkeit war einfach verschlossen und zurückhaltend.

Gegen elf Uhr beendete Nora ihre Arbeit. Sie öffnete ihren Schrank und überlegte, was sie am kommenden Tag anziehen sollte, um einen guten Eindruck zu machen. Nora entschied sich – fernab der üblichen Bekleidungsgepflogenheiten für geschäftliche Termine – für eine legere Designerjeans, weiße Sneakers und ein lilafarbenes Oberteil mit Flügelärmel. Sie wollte sich an ihrem ersten Tag, vor dem sie sich nun doch ein wenig zu fürchten begann, einfach nur wohl in ihrer Haut fühlen. Ob sie damit allerdings dem anspruchsvollem Modegeschmack Jill Kerners entspräche, war ihr in diesem Moment nicht so wichtig. Ohnehin glaubte sie ja nicht daran, dass die Designerin sie schon morgen, wenn überhaupt, persönlich empfangen würde.

Als sie endlich zur Ruhe kam, wanderten ihre Gedanken wie von selbst wieder mal zu Vincent. Dieser hinterhältige Wurm würde in einer guten Woche Esther von Hahnstein heiraten. Bei ihr – Nora – hatte er sich nicht mehr gemeldet. Vermutlich war er froh, dass sie ihn nicht mit Vorwürfen bombardierte. Das war auch eigentlich nicht zu erwarten gewesen. Nora machte es ihm zu einfach, in dem sie sich einfach gar nicht mehr bei ihm meldete, das wusste sie selbst. Er hätte anderes verdient, eine gehörige Aussprache, eine Standpauke, gespickt mit berechtigten Vorwürfen.

Doch Nora bezweifelte von Anfang an, dass das etwas bringen würde. Warum auch? Vincent hatte seine Entscheidung getroffen – und das in aller Öffentlichkeit. Zu tief saß der Schmerz, um Kontakt zu ihm aufzunehmen. Er hatte sich so niederträchtig gezeigt. Sie wunderte sich fast, dass sie sich jemals wohl mit ihm gefühlt hatte, geschweige denn, dass sie ihn tatsächlich heiraten wollte. Er war es letztlich nicht wert, noch einen Gedanken an ihn zu verschwenden. Sie musste diesen Mistkerl so schnell wie möglich aus ihrem Kopf kriegen. Der Aufenthalt in New York würde ihr dabei helfen. Bis sie wieder zurück nach Frankfurt kehren würde, wäre Vincent schon verheiratet, und es gäbe für beide kein Zurück mehr.

Und das war auch gut so, denn auf einen Mann wie Vincent von Bosch, nebst seiner hochnäsigen Familie, konnte Nora liebend gerne verzichten. Ohnehin wäre sie vermutlich mit diesem unzuverlässigen Kerl nicht glücklich geworden. Je schneller sie das begriff, umso besser würde sie über die Trennung hinwegkommen. Trotzdem konnte Nora ihre Tränen nicht unterdrücken, zu groß war die Enttäuschung darüber, wie das alles gelaufen war und wie sehr dieser Idiot ihr Leben damit beeinflusste. Das hatte Nora alles ganz anders geplant.

Nora schüttelte den Kopf. Die Tränen galten nicht der Person Vincent, zu stark war Noras Wut über ihn.

Kapitel 3

Um zehn vor neun traf Nora in den heiligen Hallen des Modeunternehmens Jill Kerner ein. Eine freundliche Mitarbeiterin hinter der Kaffeebar, auf die man beim Öffnen des Aufzugs schon von weitem blicken konnte, bat sie, einen Augenblick an der Theke Platz zu nehmen, bis Sandrine sie dort persönlich abholen würde. Immerhin war Nora auch zehn Minuten zu früh dran.

Plötzlich trat eine attraktive Frau Mitte vierzig von der anderen Seite an den Tresen heran. Nora hatte sie gar nicht kommen sehen. Es war tatsächlich war Jill Kerner, die große Modedesignerin persönlich, die die junge Frau hinter der Kaffeebar um einen Latte Macchiato bat. Nora zuckte überrascht zusammen. So etwas hatte sie nicht erwartet, dass diese berühmte Modeschöpferin ihren Kaffee selbst an der Theke orderte. Ihre Blicke trafen sich. Jill Kerner starrte Nora regelrecht an und musterte sie ungeniert von oben bis unten. Ihre blauen Augen drangen tief in die dunklen Augen Noras ein, die sich sichtlich unwohl dabei fühlte.

„Wer sind Sie?“, fragte die Designerin in festem Ton über die Kaffeetheke.

„Ich bin Nora Winter. Ich bin mit Sandrine Borguette verabredet."
„Ach, Sie sind die Modejournalistin aus Deutschland."
„Ja, das bin ich."

Jill Kerner wirkte auch in Natura einschüchtern. Sie hatte ein extrem selbstbewusstes Auftreten, war von sich überzeugt und wirkte schon deshalb ein wenig arrogant, auf jeden Fall aber über die Masse anderer Menschen erhaben.

Sie musterte Nora weiter und schien darauf zu warten, dass Nora sich von ihrem Barhocker erhob, sich zu ihr auf die andere Seite der Theke begab und sie ehrfürchtig begrüßte. Diesen Gefallen tat Nora ihr jedoch nicht. Immerhin war es ihre Assistentin, die eine Reportage über die Modegöttin Jill Kerner in dem deutschen Modemagazin *Serafina* anstrebte und nicht andersherum sie, die ein Interview mit der weltbekannten Modeschöpferin ergattern wollte. Weder Nora noch ihr Chef hatten sich um das Gespräch bemüht, im Gegenteil, es war genau andersherum. Das war ein Unterschied, der Nora dazu veranlasste, diese kühle Blondine mit etwas Abstand zu betrachten und nicht das zu tun, was sie offenbar erwartete und bereits hunderte Male erlebt hatte.

Jill Kerner war sichtlich irritiert, doch Nora blieb ganz ruhig und ließ sich von der plötzlich unentspannten Atmosphäre an der Kaffeebar nicht aus dem Konzept bringen. Mit ihren 35 Jahren war sie als Modejournalistin schließlich keine Anfängerin mehr und schon gar nicht ließ sie sich vom Reichtum und Erfolg anderer beeindrucken.

Der Aufzug öffnete sich, und die Frau an der Theke winkte einen Ankömmling heran. Es war Sandrine Borguette, die Assistentin Jill Kerners. Nora kannte sie von Bildern im Netz. Sie war hochgewachsen und dünn, fast schlaksig, jedoch offen und sympathisch. Man konnte die Endzwanzigerin als hübsch bezeichnen. Sie trug ihr krauses, brünettes Haar offen und strahlte eine sympathische Freundlichkeit aus. Ohne Umwege begrüßte sie ihre Chefin.

Die Frau hinter der Kaffeebar machte die Assistentin auf Nora aufmerksam. Sofort ging sie zu Noras hinüber, die sich nun von ihrem Barhocker erhob, um sich der freundlich wirkenden Sandrine vorzustellen. Sandrine Borguette führte Nora zu Jill Kerner hinüber. Erst jetzt gab Nora der Designerin die Hand, die ihr erneut tief in die Augen schaute. Sandrine wechselte noch ein paar Worte mit ihrer Chefin und bat Nora dann, mit in ihr Büro zu kommen.

Nora folgte der gutgelaunten Assistentin. Jill Kerner saß noch immer an der Theke und trank ihren Latte Macchiato. Nora konnte förmlich die Blicke der Modeschöpferin auf ihrer Hinterseite spüren, als sie Sandrine Borguette über den Flur folgte. Die Frau machte sie nervös. Entweder gefiel ihr Noras Outfit nicht oder sie hatte andere Gründe, sie so ungeniert anzustarren. Vielleicht hatte sie Spaß daran, andere Leute zu verunsichern oder spielte eben gerne „Überlegenheitsspielchen". Beinahe war Nora erleichtert, mit der Assistentin Vorlieb nehmen zu müssen, zu sehr verwirrte sie das merkwürdige Verhalten dieser berühmten Diva.

Kaum eine halbe Stunde später klingelte das Telefon im Büro der Assistentin. Nora hatte soeben mit Sandrine das Vorgehen der Reportage besprochen, da meldete sich Jill Kerner telefonisch zu Wort und zitierte die deutsche Modejournalistin zu sich ins Büro, was Sandrine doch zu verwundern schien.

„Ok, Nora", – sie hatten sich inzwischen auf das *Du* geeinigt – „Jill Kerner möchte jetzt doch mit Dir persönlich sprechen. Sorry, das war so nicht geplant."
„Alles gut, kein Problem, Sandrine. Wo finde ich denn das Büro von Frau Kerner?"

„Ich komme natürlich mit, bin ja schließlich ihre Assistentin."
„Super."

Nora erhob sich und folgte Sandrine über den langen Flur in das oberste Stockwerk. Dort residierte die Chefin und Namensgeberin des Modelmperiums Jill Kerner in einem überdimensionalen Raum, der eher einem Atelier, als einem Büro glich. Ein großer Teil dieser Fläche, die einem chaotischen, kreativen Brainstormingraum alle Ehre machte, nahm ihr wohl privater Arbeitsbereich ein, der durch hohe Pflanzen von dem restlichen Teil des Raumes abgetrennt war und ihr Büro und Empfangsraum zu sein schien.

Wie es sich für eine Modegöttin ziemte, war der Schreibtisch der Designerin ein Blickfang edelster Güte. Die ledernen Bürostühle glichen eher Sesseln statt Stühlen. Es schien typisch für diese Frau zu sein, dass Menschen, die ihr Büro betraten, einen weiten Weg bis zu ihrem Schreibtisch zurücklegen mussten, so dass sie ausreichend Zeit hatten, das einschüchternde Interieur zu bemerken und auf sich wirken zu lassen. Jill Kerner war eine Spielerin, die es genoss, andere zu beeinflussen. Ob das generell in ihrer Persönlichkeit begründet oder ein Zeichen eigener Unsicherheit war, das wollte Nora noch herausfinden. Sie nahm sich in diesem Augenblick, als sie sich auf ihren Schreibtisch zubewegte, fest vor, sich nicht weiter von dieser imposanten Frau verunsichern zu lassen. Was hatte sie schon zu verlieren…? Ohnehin würde sie nur das erfahren, was Jill Kerner freiwillig über sich Preis gab oder über ihre Assistentin preisgeben lassen wollte. Diesbezüglich machte sich Nora nichts vor. Wenn sie ein Spiel spielen wollte, dann bitte; auch davon würde sich Nora nicht beeindrucken lassen.

Kaum, dass Nora und Sandrine ihr gegenüber Platz genommen hatten, schickte die Designerin ihre Assistentin an, ihr an der Kaffeebar einen weiteren Latte Macchiato zu holen. Das schien jedoch kein übliches Gebaren Jill Kerners zu sein, denn Sandrine wirkte doch etwas verwundert, tat aber, was ihre Chefin ihr aufgetragen hatte. „Was wollen Sie über mich wissen, Nora? Oder wie war gleich nochmal Ihr Name…?“, fragte sie scheinheilig, als ob sie Noras Namen an der Bar, als Sandrine sie ihr persönlich vorgestellt hatte, nicht richtig verstanden hätte. Nora blieb ruhig.

„Nora Winter, Frau Kerner. Ich bin die Modejournalistin, in deren Land Sie sich mit Hilfe einer ausführlichen Reportage gerne bekannt machen und mit ihrem Modelabel Fuß fassen möchten."

Eins zu null für mich, dachte Nora amüsiert, denn Jill Kerner blickte erstaunt drein. Sie schien nicht vertraut damit zu sein, dass ihr jemand die Stirn bot und sich von ihren Spielchen nicht verunsichern ließ. Sie lächelte. Dabei sah sie sehr attraktiv aus und wirkte gleich weniger unnahbar. „Ich habe mit Ihrer freundlichen Assistentin schon den Ablauf der Reportage besprochen", beantworte Nora ihre Frage und setzte mit der Betonung auf „freundlich" einen weiteren Akzent, der Jill Kerner aufhorchen ließ. Sie erkannte wohl in diesem Moment, dass sich ihr die Modejournalistin nicht anbiedern würde und sich durchaus auch mit ihrer Assistentin kompetenten zufriedengab, was der Designerin nicht wirklich behagte.

„Ich dachte eher, dass sie auch etwas Spannendes für Ihren Artikel haben möchten und sich eher für mein Privatleben interessieren, über das ich mit Sicherheit besser Bescheid weiß, als meine Assistentin..." Jetzt hatte Nora Jill Kerner genau da, wo sie sie haben wollte.
„Die Leser von *Serafina* interessieren sich stets für das Privatleben von erfolgreichen Designern und Designerinnen", konterte Nora taktisch klug, um ihr durch die Blume zu

verstehen zu geben, dass das sie selbst als Person Nora Winter nicht unbedingt miteinschloss. Sichtlich unzufrieden, dass Nora offenbar so ganz anders reagierte, als sie das von Journalisten gewohnt war, versuchte Jill Kerner augenblicklich, ihre Selbstsicherheit zurückzugewinnen.
„Kürzen wir das Ganze ab, Frau Winter. Wir gehen heute Abend zusammen essen und dann unterhalten wir uns außerhalb meines Unternehmens im privaten Rahmen, wenn Ihnen das Recht ist... Sie wollen doch in mein Privatleben eintauchen, oder nicht?"
„Sehr gerne, Frau Kerner, zumindest unsere Leser". Jill Kerner ließ sich nicht noch einmal so leicht beeindrucken und fuhr ungeachtet dieser weiteren Spitze fort. „Mein Fahrer wird Sie um acht Uhr vor Ihrem Hotel abholen. Vorher komme ich hier leider nicht weg."
„Ist in Ordnung und vielen Dank, dass Sie sich die Zeit für ein privates Gespräch mit mir nehmen." Nora bedankte sich höflich für die Möglichkeit eines privaten Gesprächs – sie war sich durchaus bewusst, dass das die Ausnahme und nicht die Regel war und wollte der Modedesignerin keinen Anlass geben, es sich noch einmal anders zu überlegen.

Nora erhob sich. In diesem Moment betrat Sandrine mit dem georderten Heißgetränk das Büro. Sie stellte das Glas auf dem Schreibtisch ihrer Chefin ab und verließ mit

Nora den Raum. Sie spürte förmlich, wie versucht Sandrine war, bei Nora nachzufragen, was genau Jill Kerner von ihr wollte, doch sie beherrschte sich. Obwohl die beiden Frauen sich sympathisch waren, kannte Sandrine Nora noch viel zu kurz, um ihr solch eine Frage zu stellen. Außerdem ging Nora davon aus, dass Sandrine als die Assistentin von Jill Kerner beim Abendessen ohnehin mit von der Partie war.

Den restlichen Tag war Nora mit Sandrine innerhalb des Modeimperiums unterwegs. Sandrine führte sie durch sämtliche Abteilungen, Entwurf, Entwicklung und Materialauswahl sowie Lagerung der Stoffe und vieles mehr und gab ihr wertvolle Hintergrundinformationen. Sandrines Aufgabe bestand größtenteils darin, mit vielen anderen im Team zu arbeiten. Sie musste sich im Grunde genommen mit allen absprechen: Ist das ausgewählte Muster so in Ordnung? Sind die Entwürfe der Designer überhaupt umzusetzen? Entspricht das Kleidungsstück auch dem Image des Labels?

Jill Kerners Assistentin hatte einen straffen Tagesablauf, denn sie war als rechte Hand der Chefin das Mädchen für alles. Zudem übernahm sie noch die Pressearbeit, was eigentlich nicht ihr Metier war. Sie tat es auf Wunsch Jill Kerners, weil die Modedesignerin niemandem vertraute. Zu dem Modeimperium „Jill Kerner“ gehörte sogar eine eigene Produktionsabteilung, eine Schneiderei und Einkaufsabteilung. Nora war sehr beeindruckt. Mit dieser Vielfalt hatte sie nicht gerechnet. Im Internet hatte sie zwar schon vieles darüber gelesen, doch in Natura wirkte alles noch viel größer und einschüchternder. Kein Wunder, dass sich Jill Kerner im teuersten Wohnviertel New Yorks, der Upper East Side, eine Immobilie leisten konnte.

Für die kommenden Tage plante Nora, jede Abteilung zu durchlaufen, um ihre Modereportage zu untergliedern. Ihren Schwerpunkt legte sie dabei auf die Schneiderei, dort wo die Vorbereitungen der neuen Kollektion schon auf Hochtouren liefen. Mit der Herbstkollektion wollte das Modelabel auch parallel in Deutschland an den Start gehen. Nora gefiel das Selbstverständnis der Marke „JK“, denn die Mode war auch im Alltag tragbar; trotzdem ließen die Kollektionen Jill Kerners eine gewisse Eleganz nicht vermissen. Gewiss, sie war hochpreisig, für die Zielgruppe der gutverdienenden Frauen jedoch durchaus erschwinglich.

Am frühen Nachmittag verließ Nora an ihrem ersten Tag das Modehaus und begab sich ohne Umwege auf ihr Zimmer, um an ihrer Reportage zu schreiben. Vom Hotel aus informierte sie Nikolas Steglitz über die Neuigkeit, dass sie sich am heutigen Abend auf Wunsch der Designerin mit ihr zum Essen treffen würde und dass ihre Chancen gar nicht mal so schlecht stünden, von ihr auch private Dinge über ihr Leben hinter den Kulissen der Modewelt zu erfahren. Der Zeitungsverleger lobte Nora dafür und hielt sie an, so viel wie möglich über Jill Kerners Privatleben in Erfahrung zu bringen.

Die Ablenkung tat Nora gut. Vincent war durch die räumliche Entfernung zu Frankfurt und Noras aufwendiger Reportage schon ein wenig in den Hintergrund gerückt. Und das war gut so. Sie konzentrierte sich voll auf die Chance, die Nikolas ihr hier bot. Wenn es ihr gelänge, das Privatleben der Modeschöpferin zu durchleuchten und eine gutrecherchierte, unterhaltsame und informative Reportage über die scheue Modefrau abzuliefern, würde sie damit Furore als Modejournalistin machen und alsbald in aller Munde sein. Ein großer Karrieresprung wäre ihr damit sicher.

Es war schon kurz nach sieben, als Nora ihr Laptop zuklappte. Es war bereits höchste Zeit, sich auf das Abendessen mit Jill Kerner vorzubereiten. Nach wie vor wusste sie nicht, welches Restaurant sie dafür ausgesucht hatte. Vermutlich gehörte auch das zu ihrem Spiel, um Nora zu verunsichern. Sie musste also davon ausgehen, dass der Besuch des von der Designerin ausgewählten Lokals einem bestimmten Dresscode unterworfen war. Somit stellte sich für Nora die Frage: was sollte sie anziehen…? Weder wollte sie over- noch underdressed daherkommen. Doch im Zweifel hielt sie sich an die Regel: besser underdressed als overdressed.

Nora hasste Kleiderordnungen, obwohl gerade sie sich als Modejournalistin daran halten musste. Anderenfalls würde sich das in der Ausübung ihres Jobs nachteilig auswirken, zumindest bei öffentlichen Anlässen und Interviews. Sie wählte daher ein schlichtes schwarzes Kleid, das kurz über den Knien endete. Am Rücken lief es überkreuz, vorne war es ausgeschnitten. Es war elegant und edel und betonte Noras schlanke Figur und ihre wohlgeformten Rundungen. Dazu wählte sie halbhohe, offene Sandalen und eine kleine, quadratische, schwarze Tasche mit in Gold gestickten Initialen M.R., die für Meike Renner standen. Sie war eine noch unbekannte, jedoch in Noras Augen sehr begabte Designerin, mit der Nora nun schon einige Jahre befreundet war. Neben der Tasche hatte sie auch das Kleid kreiert.

Um bei ihrer Tätigkeit keinen bekannten Modeschöpfer vor den Kopf zu stoßen, griff Nora bewusst zu den Kreationen der bisher noch unbekannten Designerin. Insbesondere gefiel ihr, wenn man sie neugierig nach dem Label fragte, das bisher noch keiner außerhalb Frankfurts kannte. Meike Renner fehlte leider bislang das Startkapital, um mit einem eigenen Label durchzustarten. Insofern waren ihre Eigenentwürfe nur in einigen Boutiquen Frankfurts zu erwerben. Nora trug Meikes Kleidung auch oftmals bei offiziellen Anlässen in Ausübung ihres Jobs, um auf die tollen Designs ihrer Freundin aufmerksam zu machen. Schon aus diesem Grund war ihr Koffer überwiegend mit selbstgeschneiderten Kleidern bestückt. Das hatte einfach viele Vorteile. Zudem gefiel Nora Meikes Stil, denn er war alltagstauglich, was Nora in Bezug auf Mode sehr wichtig fand.

Um fünf vor acht war Nora fertig. Ihre dunkelbraunen, welligen Haare trug sie – wie fast an jedem Abend, wenn sie ausging – offen. Sie fielen ihr weit über die Schultern und verliehen ihr ein jugendliches Aussehen. Nora trug eine schlichte Kette mit einem goldenen Herzanhänger um den Hals und einen zierlichen Ring am Finger. Auf Armbänder oder Armreifen verzichtete sie gänzlich, um nicht overdressed zu wirken. Der Fahrer wartete am Empfang des Hotels. Er begrüßte sie freundlich und führte sie zum Wagen. *Die Grande Dame unterhält eine schwarze Limousine,* fuhr es Nora amüsiert durch den

Kopf. *Nun ja, was hätte ich auch anderes erwarten können…,* dachte sie bei sich. Sie war gespannt, wo es hinging, verkniff sich jedoch diese Frage.

„Wir fahren in das französische Restaurant Daniel in der 60 East 65th Street an der Upper East Side in Manhattan. Es gehört dem französischen Starkoch Daniel Boulud, dem am längsten regierenden New Yorker Vier-Sterne-Koch", informierte der Fahrer David Nora nun von selbst. Das passte, denn in der Upper East Side wohnte laut Nikolas' Informationen ja auch Jill Kerner selbst. Demnach hatte sie ein Faible für kurze Wege, was nahe lag, hatte sie doch in ihrem Job genügend Stress, den sie nicht dermaßen gut beeinflussen konnte.

„Danke für die Information, David, antwortete Nora dem höflichen Fahrer.
„Ich hoffe, ich bin richtig gekleidet."
„Oh ja, das sind Sie. Sie sehen fantastisch aus, Madame."
„Danke, David."

Im Restaurant angekommen, war Nora von dem Ambiente des Edellokals sichtlich beeindruckt. Das neoklassizistische Restaurant von Daniel Boulud servierte laut des Fahrers saisonale französische Küche in einer eleganten Umgebung mit modernem

Mobiliar. David führte Nora bis zum Eingang der stilvollen Bar und Lounge des Restaurants, wo Jill Kerner schon auf sie wartete. Als Nora den Weg bis zur Bar schritt, hafteten Jill Kerners Augen auf ihr. Nora wusste nicht genau, ob die Blicke ihr oder ihrem Outfit galten. Es fühlte sich merkwürdig an, von einer Frau mit den Augen von oben bis unten abgetastet zu werden.

„Guten Abend Nora“, begrüßte Jill Kerner die Modejournalistin förmlich.
„Guten Abend, Frau Kerner“, entgegnete Nora ebenfalls förmlich und gab der Designerin höflich die Hand.
„Jill“, entgegnete die Modeschöpferin und rang sich ein Lächeln ab.
„Jill“, wiederholte Nora und nickte leicht dabei.
„Ein Glas Champagner?“
„Sehr gerne, Jill. Vielen Dank.“
Die Modedesignerin sah den Barkeeper an und bedeutete ihm, ein zweites Glas zu befüllen. Jill Kerner schien bekannt in dem Restaurant Daniel zu sein, denn sie genoss besondere Aufmerksamkeit.

„Wie gefällt Ihnen New York, Nora? Sind Sie das erste Mal im Big Apple?“, startete Jill Kerner die Konversation.
„Nein, ich war vor einigen Jahren schon einmal hier. Und ja, ich mag New York.“
„Und mögen Sie französisches Essen?“

„Ich bin Vegetarierin, aber David hat mich unterwegs schon darüber unterrichtet, dass dieses schicke Lokal auch vegetarische und sogar vegane Gerichte serviert."
„Ja, das ist so. Da habe ich ja mit der Wahl des Lokals Glück gehabt."
„Warten wir auf Sandrine?", fragte Nora, erstaunt darüber, dass Jills Assistentin noch nicht anwesend war.
„Nein, wir warten nicht auf Sandrine", entgegnete die Grande Dame in aller Ruhe, jedoch ein wenig verschnupft darüber, dass Nora offenbar nicht mit ihr alleine Vorlieb nehmen wollte. „Ich gehe mal davon aus, ich kann auf Ihre Fragen auch ohne Hilfe meiner Assistentin antworten", fuhr sie mit einem charmanten Lächeln fort, um ihre kleine, peinliche Missstimmung wieder in den Griff zu bekommen."
„Ja, davon gehe ich auch aus", pflichtete ihr Nora gespielt verständnisvoll bei.
„Wollen wir?"
„Gerne."

Jill Kerner ging Nora voraus. Ein aufmerksamer Kellner öffnete die Tür zum angrenzenden Restaurant und führte die beiden Damen zum reservierten Tisch, der in einer lauschigen Ecke stand. Auf dem Weg dorthin folgten ihnen neugierige Blicke, worüber sich Nora nicht wirklich wunderte, war Jill Kerner doch eine berühmte Frau, mit deren

Bekanntschaft man sich gerne schmückte. Zur Verwunderung Noras schien das jedoch Jill Kerner eher unangenehm zu sein. Möglich, dass das aus dem Misstrauen anderer gegenüber herrührte. Natürlich konnte das auch eine allgemeine Verunsicherung sein, obwohl man sich nur schwerlich vorstellen konnte, dass eine Frau wie Jill Kerner darunter zu leiden hatte. Die Designerin ließ für ihren Gast ein vegetarisches drei Gänge Menü zusammenstellen, was Nora recht war. Dazu bestellte sie eine Flasche des besten französischen Rotweins.

Erneut blieben Jill Kerners Blicke auffällig intensiv an Nora haften. Sie hing an ihren Lippen, wenn Nora sprach, sah ihr tief in die Augen und wanderte mit ihren Blicken über ihren Ausschnitt. Es war nur zu offensichtlich, dass die Modeschöpferin Gefallen an der deutschen Modejournalistin gefunden hatte.

„Sie sehen fantastisch aus“, machte Jill Kerner ihr ein Kompliment.
„Danke, Jill“, antwortete Nora verlegen.
„Nun gut, was wollen Sie über mich wissen?“
Nora holte einen kleinen Notizblock mit Kugelschreiber aus ihrer Tasche.
„Die Leser des Modemagazins *Serafina* interessieren sich natürlich auch für die Privatperson, die hinter dem berühmten Label

Jill Kerner steht. Und ich hoffe, dass ich mit meinen Fragen nicht zu indiskret wirke."
„Na dann schießen Sie mal los."
„Sind Sie verheiratet oder leben Sie in einer Partnerschaft Jill?"
„Oh ha, das ist nun wirklich eine etwas indiskrete Frage… Dafür interessieren sich deutsche Leser?"
„Ja, das tun sie, sogar brennend."
„Nun gut, ich bin nicht verheiratet und lebe derzeit auch in keiner Partnerschaft. Ein Mann steht dem Fortkommen einer Frau in der Regel meist hinderlich im Wege. Mit dieser Einstellung bin ich bisher immer gut gefahren, sonst wäre ich nicht so weit in meinem Leben gekommen."
„Ok, darf ich das so zitieren, Jill?"
„Schreiben Sie, ich bin mit meiner Arbeit verheiratet, die zugleich Hobby, Liebe und Leidenschaft ist."
„Waren Sie jemals verheiratet?"
„Nein, ich war noch nie verheiratet und das wird auch so bleiben."
„Wo und wie leben Sie?"
„Ich wohne in Upper East Side in Manhattan."
Die Quelle hatte also doch recht in Bezug auf die Wohngegend der Designerin, ging es Nora durch den Kopf.
„Und wie leben Sie?"
„In einem wunderschönen Haus mit großem Garten und Pool, wenn es das ist, was Sie unter der Frage, wie ich lebe, verstehen."

„Ist es möglich von Ihrem Haus einige Fotos in der Reportage zu veröffentlichen?"
Jill Kerner stutzte. Da war es wieder, dieses unterschwellige Misstrauen…
„Bisher sind noch keine Bilder meines Hauses veröffentlicht worden."
„Das beantwortet jedoch nicht meine Frage."
„Sie sind ganz schön hartnäckig, Nora"
„Ja, das bringt mein Job so mit sich."
„Und wer wird diese Fotos meiner privaten Räume machen?"
„Das entscheiden Sie. Vielleicht ein Fotograf Ihres Vertrauens…?"
„Ich vertraue niemandem", kam es ihr unachtsam über die Lippen. „Ich denke darüber nach, ok?"
„Das ist sehr nett. Danke. Wer sind Ihre Freunde, Jill?"
„Freunde…", dachte sie angestrengt nach. „Ich habe so gut wie keine Zeit, Freundschaften zu pflegen."
Sie hatte also in dem Sinne keine Freunde, dachte Nora.
„Meine Freunde kommen aus Politik und Wirtschaft. Insofern möchte ich sie in Ihrer Reportage nicht erwähnt wissen."
Das scheint eine Ausrede zu sein. Jill Kerner traut niemandem, deshalb hat sie auch keine nennenswerten *Freunde, schoss es Nora durch den Kopf.*
„Alles klar, Jill. Ich wollte nicht indiskret sein.

„Haben Sie noch Familie? Leben Ihre Eltern noch?“
„Ich habe einen Bruder in Südafrika. Er führt dort eine Lodge. Meine Eltern leben ebenfalls dort.“
„Das ist ja interessant. Dann stammen Sie ursprünglich aus Südafrika?“
„Ich bin dort aufgewachsen. Mein Vater stammt aus Südafrika, meine Mutter ist Amerikanerin; eine waschechte New Yorkerin, die es nach Südafrika verschlagen hat.“

Der Kellner servierte die Vorspeise. Nora legte ihren Block beiseite und konzentrierte sich auf ihr vielversprechendes Essen. Die vegetarische Kreation sah verführerisch aus und duftete lecker. Der Kellner schenkte nach. Der französische Rotwein war schwer, aber zum Essen sehr gut gewählt. Nora musste aufpassen, nicht zu viel davon zu trinken, allzu leicht war sie beschwipst.

„Guten Appetit, Nora. Lassen Sie uns nach der Vorspeise weitermachen.“
„Guten Appetit. Es sieht lecker aus und riecht verführerisch.“
Während Nora eine lockere Konversation beim Essen aufrechterhielt, wanderten die Blicke der Designerin immer wieder über ihre Rundungen und blieben abwechselnd an ihrem Brustansatz und ihren Lippen hängen. Es fühlte sich für Nora seltsam an, von einer

Frau in dieser Weise betrachtet zu werden – gleichwohl löste es in ihr unerwartete Gefühlswallungen aus. Die Modegöttin schien dem weiblichen Geschlecht zugewandt zu sein. Und ganz offenbar weckte Nora ihr Begehren. Der Kellner räumte die Vorspeisenteller ab und schenkte erneut Wein nach.

„Gibt es in Ihrem Leben noch andere Dinge außer der Mode, die Sie begeistern?", fuhr Nora mit ihrer Befragung fort."
„Ja, das gibt es durchaus."
„Und die wären?"
„Ich liebe die Kunst, insbesondere die Malerei und die Oper. Ich liebe gutes Essen und französischen Rotwein."
„Was bewegt oder berührt Sie außerhalb der Modewelt, Jill?"
Die Modeschöpferin hielt inne und dachte angestrengt nach. Die Frage schien ihr jedoch nicht zu passen. Vermutlich riss sie sogar alte Wunden wieder auf.
„Was bewegt Dich, Nora?", sagte sie plötzlich und ging zum Du über.
„Ich stehe hier nicht zur Debatte. Die Leser von *Serafina* interessieren sich für Sie, Jill, nicht für mich…", kam es Nora verlegen über die Lippen.
„Lass' bitte dieses alberne „Sie". Das klingt so unpersönlich."

Nora war sichtlich nervös und richtete ihren Blick lieber in die Ferne.
„Menschen wie Du, berühren mich, wenn Du es genau wissen möchtest, Nora."
„Menschen wie ich? Aber warum…?"
„Mich bewegt zum Beispiel diese Tragödie, dass Dich Dein Verlobter, dieser Mistkerl, kurz vor der Hochzeit in aller Öffentlichkeit bloßgestellt hat."

Nora erschrak. Diese Frau hatte sich vorab gut über sie informiert. Sofort füllten sich ihre Augen mit Tränen. Ihre Vergangenheit verfolgte sie also doch bis nach New York. Jill griff vorsichtig nach ihrer Hand.
„Es tut mir leid, Nora. Ich wollte Dich mit meiner Aussage nicht verletzen. Ich informiere mich nun mal immer genauestens vorab, um zu wissen, mit wem ich es zu tun habe. Ich hätte wissen müssen, dass dieser Stachel noch sehr tief sitzt."
Nora winkte ab. „Ich werde darüber hinwegkommen."
„Ganz bestimmt, das wirst Du und schon bald wirst Du sogar glücklich darüber sein, dass dieser Kelch an Dir vorüber ging."
„Das bin ich jetzt schon."
„Gut so, denn du hast bestimmt etwas Besseres verdient, als so einen aufgeblasenen, unsensiblen, rücksichtlosen, feigen Kerl."

Nora musste grinsen. Es tat gut, diese negative Sichtweise über Vincent aus dem Munde einer so bemerkenswerten Frau wie Jill Kerner zu hören.
„Na siehst Du, Du lächelst ja schon wieder…“, stellte Jill erleichtert fest. Sie hatte Nora verletzt, was nicht ihre Absicht war. Diese verführerische Frau, die ihr gegenüber saß, war nicht nur sexy und intelligent, sondern auch sensibel, was Jill tief berührte.
„Komm‘, lass uns einfach jetzt das Essen genießen und keine Fragen mehr stellen“, bat sie Nora.
„Ich bin eigentlich auch eh schon durch mit meinen Fragen, Jill.“
„Na das beruhigt mich ja ungemein, dann können wir ja ab jetzt den Abend genießen.“

Sie lächelte. Das Eis war gebrochen. Jill öffnete sich Nora gegenüber und erzählte ihr von ihrem mühevollen Aufstieg als Designerin. Sie gab zu, dass sie ohne die finanzielle Hilfe ihrer vermögenden Familie niemals ihre erste Kollektion und Modenschau auf die Beine hätte stellen können. Es war mehr als nur schwer, in dieser Branche Fuß zu fassen. Talent, Fleiß und Ausdauer genügten leider nicht, um an die Spitze zu gelangen. Man benötigte Geld, nützliche Kontakte und Beziehungen. Leider war das eine der Schattenseiten dieser kreativen Branche.

Insbesondere litt Jill anfänglich unter den Modekritikern, die sogenannten selbsternannten Modepäpste. Es waren vorwiegend die weiblichen Kritiker, die ihr das Leben schwer machten. Diese Zeiten gehörten jetzt glücklicherweise jedoch längst der Vergangenheit an. Schon seit Jahren hatte sie den Modeolymp erklommen und war eine gefeierte Modeschöpferin, bekannt und beliebt weit über die USA hinaus.

Der Abend mit Jill entwickelte sich harmonisch, was Nora so nicht erwartet hatte. Jill hörte auf, Spielchen zu spielen. Der erste Eindruck, den Nora von ihr hatte, trübte. Sie war eigentlich nicht arrogant, auch nicht hochnäsig. Es war nur ein Schutzschild, mit dem sie sich lästige Bücklinge vom Hals hielt. Die Modeschöpferin liebte Herausforderungen, Menschen, die sich von ihrer „Fassade" nicht beindrucken oder gar blenden ließen. Und sie schien Frauen zu lieben. Und daraus machte sie ganz offensichtlich keinen Hehl.

Nora war irritiert. Dass jemand an ihr als Frau Interesse zeigt, war nun wirklich keine Seltenheit, aber noch nie war sie so offenkundig von einer Frau begehrt worden. Ohnehin war Noras Herz verschlossen und eine Frau zu lieben, das passte sogar nicht in ihr Weltbild. Gewiss, Jill Kerner war eine faszinierende Frau, attraktiv, intelligent, weltgewandt und auch charismatisch. Nora erschrak, als ihr gewahr wurde, dass sie sich davor in Acht nehmen musste, nicht eventuell doch Gefallen am Gedanken daran zu finden, Jill Kerner als Frau näher zu kommen.

Ein paar Augenblicke später erhielt die Modeschöpferin einen Anruf. Nora war erstaunt, immerhin war es bereits nach 23 Uhr. Noch mehr irritiert war sie, als die Designerin sie ohne weitere Diskussion mit dem Wagen zurück in ihr Hotel bringen ließ. Fast war Nora enttäuscht darüber, dass der schöne Abend mit ihr so abrupt endete.

Kapitel 4

Kurz vor halb acht erwachte Nora durch das Klingeln ihres Handys. Es war Sandrine, die ihr für den heutigen Tag absagen musste und den vereinbarten Termin auf den Tag darauf verschieben wollte. Mit der neuen Kollektion gebe es Probleme, die dringend ihre uneingeschränkte Aufmerksamkeit erforderlich machte. Sie entschuldigte sich. Nora sah darin kein Problem, denn durch das gestrige Treffen mit Jill hatte sie mehr erfahren, als sie sich jemals erhofft hatte. Außerdem war die Reportage in New York ohnehin zeitlich nicht knapp bemessen. Ein merkwürdiges Gefühl stieg in ihr hoch. Sie spürte Enttäuschung in sich, Enttäuschung darüber, Jill heute nicht begegnen zu können…

Sie ging in die Hotelkaffeebar, um zu frühstücken. Danach widmete sie sich dem privaten Teil der Reportage über Jill Kerner, der sie jetzt einen größeren Schwerpunkt einräumte. Den restlichen Tag würde sie auf jeden Fall außerhalb des Hotels verbringen. Schließlich war sie in New York und wollte die Zeit nutzen und so viel wie möglich von der näheren Umgebung sehen.

Gegen zehn Uhr verließ Nora das Hotel und lief zu Fuß nach Midtown Manhattan, wo sich das bedeutende Finanzzentrum, das als *das* größte Geschäftszentrum der gesamten USA galt, befand. Es lag auf der Hand, dass sie die nähere Umgebung, in der sich das Modeunternehmen Jill Kerner befand, mit in ihre Reportage einband, denn in dieser Umgebung hatten zahlreiche Unternehmen, wie JPMorgan Chase, die New York Times oder Time Warner ihren Hauptsitz. Entsprechend galt auch dieser Stadtteil als ausgesprochen nobel und elegant. Zudem war Midtown die Heimat weltberühmter Locations, wie dem Empire State Building, dem Rockefeller Center und dem Times Square. Ihrem Chef Nikolas Steglitz war es stets wichtig, dass man die Dinge, über die man berichtete, auch persönlich gesehen hatte.

Im südlichen Manhattan, wo der Stadtteil Greenwich Village lag, setzte sich Nora in ein kleines Lokal und aß zu Mittag. Der Stadtteil, der oft auch einfach „The Village" genannt wurde, galt als Künstler- und Szeneviertel mit zahlreichen Cafés, Bars, Restaurants und experimentellen Theatern. Der kreative Hotspot war dafür bekannt, dass sich dort entsprechende Größen, wie Modedesigner Calvin Klein, aber auch Hollywoodschauspieler wie Hugh Jackman, Robert DeNiro und Robert Downey Jr.

versammelten. Vielleicht hatte Nora ja Glück und bekam sogar einen der Promis vor die Linse.

Nach dem Mittagessen schlenderte Nora über eine der zahlreichen Grünflächen des Viertels. Sie suchte den Washington Square Park auf und bewunderte die interessante Architektur, die sie umgab, die Nora beinahe vergessen ließ, dass sie sich in einer der größten Metropolen der Welt befand.

All diese Viertel waren Beispiele für den exklusiven Wohnraum und die kulturellen Höhepunkte, die New York zu bieten hatte. Das geschäftige Treiben, die kreative Vielfalt und nicht zuletzt das hohe Maß an Lebensqualität, das man hier finden konnte, machten Manhattan zu einem der stärksten Anziehungspunkte für Künstler, Schauspieler und Mitglieder der High Society. Nora war fasziniert von dieser Stadt und konnte sich in diesem Moment auch sehr gut vorstellen, in New York City zu leben. Sie mochte diese Stadt und war Sandrine fast dankbar, dass sie heute keine Zeit für sie hatte und sie so unverhofft Gelegenheit fand, diese Metropole auf ihre eigene Art und Weise zu erfahren.

Erschöpft setzte sich Nora in eines der vielen Straßencafés und beobachtete das bunte Treiben. Ihre Gedanken entwischten zu

Vincent, aber auch zu Jill. Erleichtert registrierte sie, dass die Gedanken an Vincent langsam, aber sicher in den Hintergrund rückten. Mittlerweile fühlte es sich auch anders an, wenn sie an Vincent und das Ende mit ihm dachte. Sie atmete auf. Mit diesem Fortschritt nach so kurzer Zeit hatte sie nicht gerechnet.

Als Nora am späten Nachmittag wieder das Hotel betrat, überreichte ihr der Rezeptionist eine Nachricht. Neugierig öffnete sie den verschlossenen Umschlag. Die Nachricht kam von Jill.

Liebe Nora

Ich habe Dich heute vermisst…
Wo warst Du?

Mein Fahrer David wird Dich heute Abend um acht Uhr abholen und zu mir zur Upper East Side in mein Haus bringen.
Vergiss nicht, Deinen Fotoapparat mitzubringen – Du wolltest ja das Haus der Modeschöpferin Jill Kerner bildlich in die Reportage einbinden.

Ich freue mich auf Dich…

Jill

Merkwürdigerweise klopfte Noras Herz beim Lesen dieser Nachricht mehr als erwartet. Es fühlte sich an, als ob sie einem aufregenden Date entgegenfieberte. *Was ist bloß mit mir los,* fragte sie sich selbst. *Bin ich jetzt komplett verrückt?*

Doch sie freute sich wie ein Backfisch über das Treffen mit Jill. Dabei ging es ja lediglich um die Reportage. *Oder? Führte Jill vielleicht doch etwas anderes im Schilde…?* Was es auch immer sein sollte, ohnehin konnte sie dieses Treffen nicht absagen. Sie war so nah an ihrem Ziel, in die Privatsphäre der berühmten Modeschöpferin einzutauchen. Das hatte bisher noch keiner geschafft. Auch wenn Jill Kerner an ihr Gefallen fand, sie selbst – Nora – musste unter allen Umständen auf Abstand bleiben. Alles andere wäre unprofessionell und würde ihre Reportage eventuell gefährden.

Es war ein Glücksfall, dass die Modeschöpferin offenbar einen Narren an ihr gefressen hatte. Nur ein Anfänger würde diese Situation nicht zum eigenen Vorteil nutzen. Die Tatsache, dass Jill Kerner Frauen liebte, wäre an sich schon eine kleine Sensation für die Leser der *Serafina*. Bisher konnte die Jill Kerner das zumindest vor der Presse verbergen. Warum ging sie jedoch mit Nora so ein großes Risiko ein und gab dieses

Geheimnis vergleichsweise einfach preis? Ausgerechnet einer Modejournalistin, deren Job es war, über interessante Dinge zu berichten, für die sich Leser brennend interessierten. Wobei Homosexualität, speziell in kreativen Branchen, längst keine Weltsensation mehr war. *Auf der anderen Seite war die sexuelle Orientierung der Modedesignerin bisher nie ein Thema in der Boulevardpresse und bei keinem anderen Anlass. Würde sie das eventuell erpressbar machen?* Vielleicht gab es ja noch eine Möglichkeit, sie das zu fragen.

David wartete pünktlich an der Rezeption und führte Nora galant zur Limousine. Im Grunde genommen hätte Nora auch zu Fuß gehen können, denn ihr Hotel lag nicht allzu vom Wohnviertel der Modemacherin entfernt. So oder so entsprach es Jills Lebensstil, sich von einem Fahrer per Limousine durch New York kutschieren zu lassen, was mit Sicherheit auch mit in ihrer Berühmtheit begründet war. Während Nora die großen Wohnhäuser der Upper East Side an sich vorbeiziehen ließ, machte sie sich Gedanken über das, was sie in den kommenden Stunden erwarten würde. „Wie sie wohl wohnt?“, dachte sie sich. „Eher modern, eher klassisch? Ob sie Kunstwerke hat..?“ Gedankenverloren bemerkte sie zunächst nicht, wie die Limousine kurz darauf vor einer hochherrschaftlichen Stadtvilla anhielt.

Nora war entzückt und ließ sich sofort nach ihrer Ankunft das Haus zeigen. Immerhin war sie wegen der Reportage hier – nicht zu ihrem Privatvergnügen, was auch immer Jill sich von diesem Abend versprach. Nora bliebe zu 100 % professionell und würde Jill eines Besseren belehren, falls sie auf „dumme Gedanken“ kommen sollte. Mit sich im Reinen und ohne die geringste Scheu genoss sie die Führung durch ein Haus, das sie so noch nie zu Gesicht bekommen hatte.

Trotz der hohen Erwartungen hinsichtlich des Lifestyles der Designerin übertraf Jills Haus auch Noras kühnste Vorstellungen. Jill wohnte, nein, sie residierte, in einem luxuriösen Stadthaus an der 166 East 81st Street und 179 East 80th Street. Es handelte sich um ein Doppelhaus, ein außergewöhnliches und geradezu wahrhaft seltenes Anwesen, das aus zwei prächtigen Stadthäusern aus dem 19. Jahrhundert bestand, die nebeneinander liegend durch einen privaten zweigeschossigen Landschaftsgarten mit einem Swimmingpool und einer Wohnfläche von fast 3.000 Quadratmetern nur ein paar Blocks vom Central Park entfernt in der Upper East Side von Manhattan lag. Jill bewohnte das Front

Haus in der East 81st Street, ein Haus aus vier Stockwerken mit fünf Schlafzimmern, einem Hauptschlafzimmer mit eigenem Bad, Kamin und Ankleideraum und weiteren viereinhalb Bäder und drei zusätzlichen Kaminen. Alle Details stammten noch aus der Originalzeit, wie Kronleuchter, Glasfenster und Holzböden und waren noch tadellos und zeitlich schön erhalten. Vom Foyer aus führte ein eleganter Salon zu einem schön geschnittenen Esszimmer mit Kamin und Fenstertüren, die auf einen Balkon mit Blick auf den Garten führten. Im Erdgeschoss befand sich eine große Küche, die zu einem Wohnbereich mit einem Holzofen hin geöffnet war.

Das Stadthaus war phantastisch renoviert worden. Das geräumige, offene Wohnzimmer verfügte über fabelhaft hohe Decken, wie auch Nora sie liebte und bestach mit einer speziell angefertigten Bar, an die ein Billardraum mit offenem Kamin angrenzte und zu einer romantisch überdachten Loggia mit Blick auf den Pool und den Garten führte. Der Garten verfügte über zahlreiche Sitzplätze. Das Hauptschlafzimmer glich eher einer Suite, war wunderschön eingerichtet und besaß ebenfalls einen Kaminofen. Auf der dritten Etage waren zwei weitere Schlafzimmer mit Bad en Suite vorzufinden. Auf der vierten Etage befanden sich ein Yoga-Studio mit Kamin, ein

Fitnessraum, eine Sauna und ein Dampfbad. Auf dem Dach des Stadthauses thronte ein bezauberndes Dach-Atrium mit Bar und zwei Terrassen, wovon eine überdacht und die andere offen war. Beide Haushälften verfügten über Sicherheitssysteme mit Video-Überwachung. Der riesige Garten mit Grillbereich und ein beheiztem Außenpool verband die beiden Doppelhäuser miteinander. Das außergewöhnliche Anwesen bot seiner Bewohnerin den Komfort und das Wohlbehagen eines Landhauses mitten im Herzen der Upper East Side.

Als Nora das Haus besichtigt hatte, holte sie ihren Fotoapparat aus der Tasche. „Was hast Du vor..?“, schmunzelte Jill, als sie sah, dass Nora tatsächlich begann, den Garten zu fotografieren. „Wie sieht es denn aus..??“, antwortete sie frech. „Ich muss unseren Leserinnen und Lesern doch die versprochene Homestory liefern!!“ Doch Jill winkte ab. „Mach‘ Dir keine Mühe, ich habe druckreife Fotos meines Hauses. Die stelle ich Euch gerne zur Verfügung.“

Jill schien nichts dem Zufall zu überlassen. Aus einer Kommode im Wohnzimmer holte sie einen Umschlag mit zahlreichen Fotos heraus. Dazu gab es einen Stick mit den digitalen Bildern, den sie Nora überreichte.

„Lass‘ uns den offiziellen Teil hier beenden und gemeinsam etwas essen…“, bat sie Nora. „Wo?“, fragte Nora nervös. Ihr wurde schlagartig bewusst, dass Jill sie nicht in ihr Haus gebeten hatte, um Fotos für die Reportage zu schießen zu lassen – im Gegenteil.

„Ich habe etwas Einfaches, Vegetarisches vorbereitet. Nimm doch schon mal Platz auf der Terrasse. Der Tisch ist schon für uns gedeckt. Ich komme gleich nach.“
Erst jetzt fiel Nora auf, dass der wunderschön gedeckte Tisch mit dem weißen Tischtuch, den Kerzenhaltern und dem edlen Geschirr offenbar für sie beide vorbereitet war. Alles war so perfekt dekoriert, dass Nora davon ausging, Jill hätte diesen einzig und allein für die Fotoaufnahmen in Szene gesetzt. *Wie naiv ich doch manchmal bin…,* durchzog es Nora, als sie auf einem der komfortablen Stühle Platz nahm.

Es dauerte keine zwei Minuten, bis ein adrettes Hausmädchen auf der Terrasse erschien und ihr ein Glas kühlen Champagner anbot. Der Garten war wahrlich eine Oase der Ruhe inmitten des Trubels und der Hektik der Großstadt. Abgeschirmt von hohen Mauern und von üppigem Grün umgeben, klangen kaum die Geräusche, die so typisch für New York waren, bis hierhin vor. Durch all‘ die

vielen Pflanzen, die sich teils an der Hausmauer empor rankten, fühlte man sie nahezu wie in einer lauschigen, kühlen Grünanlage.
Nora blätterte in den Fotoabzügen, um festzustellen, ob es auch Fotos des Gartenbereichs gab. Der Pool war rund und von grünen Pflanzen umgeben, was ihm eine romantische Note verlieh. Am Eingangsbereich des Pools standen zwei dekorative Kübel mit bunten Blumengestecken. An einer Seite der Hausmauer stand ein großer, fahrbarer Grill, auf dem zwei Baguettes vor sich hin brutzelnden, die einen köstlichen Duft verströmten. Jill erschien auf der Terrasse und setze sich zu Nora an den Tisch. Ihr folgte nur wenige Momente später das Hausmädchen, das Jill die Sektflöte mit Champagner füllte und Nora nachschenkte.

"
Auf einen schönen Abend, Nora“, sagte Jill und prostete ihr lächelnd zu.
„Salut – und vielen Dank für die nette Einladung.“, erwiderte Nora freundlich, aber ohne übertriebene Höflichkeit. Wieder sah ihr Jill tief in die Augen. Nora trug ein weißes, legeres Shirt und einen Jeansrock, womit sie sich Jills ebenfalls ungewöhnlich lockerem Kleidungsstil an diesem Abend unbeabsichtigt angepasst hatte. Für die Designerin untypisch trug sie eine halblange, weiße Sommerhose

und darüber eine weitere Bluse in Weiß, die weit über die Hüften ging. Sie sah wie immer attraktiv aus und trug ihr blondes, halblanges Haar ausnahmsweise einmal offen. Nora hingegen hatte ihr langes sachlich Haar zu einem Zopf zusammengebunden, immerhin waren sie ja nicht zu einem Date verabredet, sondern ursprünglich zu einem Fototermin – entsprechend praktisch und professionell hatte Nora sich gekleidet.

„Wo warst Du denn heute, Nora? Ich habe Dich in der Firma vermisst."
„Sandrine hatte heute keine Zeit für mich und mir daher heute Morgen telefonisch abgesagt. Wir treffen uns deshalb erst morgen wieder."
„Oh ha, davon wusste ich gar nichts. Das ist aber merkwürdig..." Nora zog es vor zu schweigen. Sandrine würde wohl ihren Grund gehabt haben, weshalb sie sich heute nicht mit Nora getroffen hatte.

Das Hausmädchen betrat in diesem Moment wieder die Terrasse und servierte ein vegetarisches Nudelgericht und Salat. Sie schnitt das warme Baguette am Grill auf und brachte den Brotkorb zum Tisch. Sie wünschte einen guten Appetit und Jill entließ sie, nachdem sie noch eine Karaffe Rotwein aus der Küche gebracht hatte, in ihren wohlverdienten Feierabend. Jetzt war sie mit

Jill allein. Nora musste davon ausgehen, dass das auch so geplant war.
„Ist das Essen nach Deinem Geschmack?"
„Ja, absolut, ich liebe Pasta."
„Das freut mich. Dann lass es Dir schmecken."
Jill entpuppte sich an diesem Abend als äußerst charmante und aufgeschlossene Gastgeberin. Wie weggeblasen war ihre nach außen hin wirkende Arroganz und Unnahbarkeit. Privat war sie offenbar eher freundlich, zuvorkommend und sogar sehr nahbar, geradezu charmant. Nora entging nicht, wie ihre Gastgeberin mit ihr flirtete, ignorierte ihre Avancen jedoch stillschweigend. Doch obwohl sie es nicht nach außen hin zeigen wollte, übte sie einen unglaublichen Reiz auf sie aus. Es war ihre souveräne, selbstsichere Art, die Nora mehr als alles andere anzog.

Doch es half alles nichts, ihr Herz zog eine Affäre oder gar mehr mit dieser attraktiven Frau in keiner Weise in Betracht, immerhin erholte es sich gerade erst von der tiefen Verletzung, die Vincent ihm hinzugefügt hatte. Und Nora war sich sicher, diese Wunde würde sie von niemandem mehr aufreißen lassen, auch nicht von einer sonst sehr unnahbaren, jetzt aber sehr freundlichen und zuvorkommenden Gastgeberin, die sich sehr um sie bemühte. Und auch dann nicht, wenn es sich dabei um eine berühmte, erfolgreiche und wohlhabende Frau wie Jill Kerner handelte.

Immer wieder berührte Jill rein zufällig Noras Arm, wenn sie lachte und scherzte. Nora zuckte jedes Mal aufs Neue zusammen. Obwohl sie sich entschieden hatte, nicht auf die Annäherungsversuche der Modeschöpferin einzugehen, bemerkte sie doch, wie gut ihr Jills sanfte Berührungen taten. Jeder kleinste Kontakt löste einen wohligen Schauer in ihr aus. Doch sie verbat sich strikt jedes aufkommende Gefühl – und überhaupt war Jill eine *Frau*. Das alleine verwirrte Nora noch zusätzlich. Obwohl es auch ein gewisses Prickeln und die Neugier auf etwas Neues entfachte, war die Vorstellung, zu einer Frau mehr als nur eine freundschaftliche Beziehung zu unterhalten, außerhalb jeder Vorstellung für Nora. Damit schob sie geistig jede weitere Diskussion über das Thema zur Seite und konzentrierte sich wieder auf das Hier und Jetzt.

Jill öffnete eine zweite Flasche Wein. Die Stimmung war ausgelassen. Der Abend war warm und sommerlich. Ein Knistern hing in der Luft.
„Was hältst Du davon, wenn wir schwimmen gehen..?“, schlug Jill spontan vor und zeigte auf den plätschernden Pool, der im Mondschein in einem leuchtenden Blau

erstrahlte. Bevor Nora etwas antworten konnte, stellte Jill ihr Glas ab, stand auf und zog Nora langsam vom Stuhl hoch und in ihre Arme. Dann umarmte sie sie vorsichtig, aber nicht ohne sie fest an sich zu drücken. Die körperliche Nähe tat gut.

„Du riechst so gut“, hauchte sie Nora ins Ohr, während ihre Arme sie fest umfangen hielten. Nora stand wie erstarrt da. Innerlich tobte ein Sturm der Gefühle in ihr – es tat so gut, aber sie war eine Frau. Es half nichts. Nora atmete aus und versuchte, sich aus der Umklammerung zu befreien. „Wieso sträubst Du Dich gegen meine Nähe? Hast Du Angst, wieder verletzt zu werden?“ Nora erwiderte nichts, stellte aber ihre Befreiungsversuche ein und blieb einfach nur stumm stehen. Jill war ihr schon viel zu nahegekommen und hatte doch irgendwie ihren Reiz. Es war schwer, dieser Frau zu widerstehen. Jill löste eine Welle der Emotionen in ihr aus, die sie so nicht kannte und die ihr Angst machten.

Es dauerte eine Weile, bis Nora vorsichtig ihre Arme um Jills Taille legte. Jill schien endlich am Ziel zu sein. Wenn Nora schon nichts sagte, so wollte Jill sie wenigstens spüren. So verharrten die beiden Frauen lange in ihrer Umarmung. Dann war es Jill, die sich sanft daraus löste, jedoch Noras Hände fest in den ihren hielt und ihr lange in die Augen schaute, bis sie sich ihren vollen, sinnlichen Lippen näherte.

Nora stand wie vom Donner gerührt vor der berühmten Modedesignerin und konnte nicht fassen, was da gerade mit ihr geschah. Das alles war so unwirklich, so überwältigend. Gerade war sie noch in Deutschland und den Launen ihres unsäglichen Ex-Freundes ausgeliefert, jetzt war sie plötzlich in der Stadt der Städte, dem Big Apple, der Stadt, die niemals schläft und hatte das Glück, einen wichtigen Artikel für ihre Zeitschrift zu schreiben, ein traumhaftes Wohnhaus zu besichtigen und die Gunst einer der einflussreichsten Frauen der Welt zu genießen. Sie spürte die Wirkung des Alkohols und ließ ihren Widerstand fallen. So wehrte sie sich nicht, als Jills Körper sich immer mehr an den ihren drückte und ihre Lippen kurz darauf die ihren verschlossen. Der Kuss, den Nora alsbald erwiderte, schmeckte zart-bitter und süß zugleich.

Noch immer verlor Nora keine Worte, wehrte sich jedoch auch nicht gegen die Intimität. Es war Jill, die sich ihrer Kleidung entledigte und mit einem Kopfsprung in den Pool sprang. Die Verführung ging ganz klar von ihr aus und Nora ließ es entgegen ihrer eigentlichen Absicht einfach geschehen. Nora tat es ihr nach, entledigte sich ihrer Kleider und sprang in den Pool. Beide kühlten ihre erhitzten Gemüter bei einigen Runden in dem erfrischenden Wasser ab. Wie junge, übermütige Fische kreisten sie beim Schwimmen umeinander, bis sie sich dann an der niedrigen Stelle des Pools abermals inniglich umarmten. Sie küssten sich leidenschaftlich und pressten ihre nackten, wohlgeformten Körper aneinander.

Nora war überrascht, wie sanft und einfach das alles mit einer Frau war. Jills Körper war so weich und anschmiegsam, so zart und muskuslös zugleich. Ihre Zungen stießen mal sanft, mal heftig aneinander. Sie schwammen wieder auseinander, nur um sich in der Mitte des Schwimmbeckens wieder aneinander zu reiben. So ausgelassen und losgelöst waren beide Frauen schon lange nicht mehr. Nora spürte bei einer innigen Umarmung die Brüste Jills an ihrem Körper. Ähnlich wie ein Blitz durchzuckte Jills erotische Nähe und ihre sinnlichen Liebkosungen ihren Unterleib. Nora warf endgültig alle Scheu über Bord.

Nora stieg aus dem Wasser, um die Weingläser zu holen. Jill folgte ihr mit bewundernden Blicken. Nora war wirklich sexy und hatte eine unglaublich erotische Ausstrahlung. Sie stellte die Gläser am Pool-Rand ab und legte sich bäuchlings mit ihrem Weinglas auf den Beckenrand. Jill schwamm zu ihr und streichelte Nora am Rücken entlang über ihre straffen Pobacken. Nora war in dieser außergewöhnlichen Sommernacht zu mehr bereit, als ihr selbst lieb war. Dieses Gemisch aus verletzten Gefühlen, Begierde, Alkohol, der prickelnden Gesellschaft und der außergewöhnlich schönen Umgebung ließ sie all‘ ihre Vorsätze beiseiteschieben und ihrer Leidenschaft freien Lauf lassen. Sie wusste, morgen würde sie das alles bereuen, auf verschiedenen Ebenen. Aber jetzt konnte sie der Versuchung nicht widerstehen. Ganz gleich, was morgen kommen oder wohin das auch immer führen würde – sie mochte Jill, fühlte sich extrem zu ihr hingezogen.

Jill führte Nora über eine Treppe zum Schlafzimmer im oberen Stockwerk. Über dem großen Bett drehte ein Ventilator kreisende Runden und wirbelte die warme Sommernachtluft durcheinander. In Jills Schlafzimmer roch es nach Zedern und Vanille, ein betörender Duft, der Noras Sinne berauschte. Der Duft entsprang einer eleganten Schale mit Potpourri, die auf einer Kommode aus dunklem Holz stand, über der ein großer, gerahmter Spiegel hing. Daneben standen zwei hohe Stehlampen, die das feudale Schlafgemach in ein angenehmes, warmes Licht tauchte. Nora spürte den weißen, flauschigen Flokati-Teppich unter ihren noch feuchten Füßen. Ihre nassen Haare klebten an ihrem Rücken.

Jill führte sie zum Bett, das mit einer weißen Überdecke abgedeckt war. Sie warf die Dekokissen, die die obere Bettkante zierten, zu Boden, legte Nora sanft auf den Rücken, um ihr in die Augen schauen zu können. Jill blickte Nora tief in ihre dunklen Augen, schien bis in ihre Seele vorzudringen. Jills lange nasse Haare berührten Noras Oberkörper, sodass ihr ein eiskalter Schauer über den Rücken lief. Jills Küsse waren nicht sanft, eher stürmisch und verlangend. Mit dem Zeigefinger ihrer rechten Hand fuhr sie sanft von Noras Lippen über das Kinn am Hals über die Spalte ihrer Brust bis zum Bauchnabel herunter. Nora zuckte und Jills Berührungen, die sie schaudern ließen. Jill hielt während des Liebesakts fest das Zepter in der Hand. Mit beiden Händen griff sie nach Noras Brüsten und massierte diese leidenschaftlich. Nora stöhnte und öffnete langsam ihre Schenkel. Jill bewegte sich auf Noras erhitzten, feuchten Körper langsam nach unten in Richtung ihrer Scham.

„Du riechst so gut und schmeckst wie eine süße Versuchung....“, hauchte sie Nora ins Ohr. Unter Jills Zunge entpuppte sich die sanfte, romantische Nora als ein brodelnder Vulkan, der kurz vor dem Ausbruch stand. Ihre bebenden Bewegungen entlockten dem Bett lüsterne Geräusche. Die sexy Modejournalistin zuckte am ganzen Körper und ihr Blick war völlig entrückt. So viel Leidenschaft und Hingabe hätte Jill bei Nora nun wahrlich nicht vermutet. Nora glühte wie ein loderndes Feuer. Der Höhepunkt glich einem Feuerwerk. Es dauerte einige Momente, bis sich ihre Atmung wieder auf einem normalen Level einpendelte.

Ohne Worte wechselten die beiden Frauen ihre Positionen. Nora wollte Jill all das zurückgegeben, was sie von ihr empfangen hatte. Und Jill entpuppte sich auch beim Sex als eine Genießerin. Nora rieb ihren noch erhitzten Körper sanft an Jills Brüsten und entlockte ihr damit ein gewaltiges Stöhnen. Jill war keine sanfte Liebhaberin, eher stürmisch und leidenschaftlich. Sie bäumte sich energisch auf, presste Nora wild an sich und stieß ihr die Zunge in den Mund. Mit ihren Händen schob sie Noras Kopf zu ihrem Unterleib und forderte sie ungeniert auf, ihre Zunge zum Einsatz zu bringen. Jills fordernde Art gefiel Nora. Diese attraktive Frau wusste eben, was sie wollte und war zu einem langanhaltenden Orgasmus fähig.

Die Nacht war ein Rausch der Sinne, der erst in den frühen Morgenstunden sein Ende fand. Nora verlor beim Liebesspiel keine unnötigen

Worte. Sie genoss und schwieg. Einzig ihre unbändige Leidenschaft gab Jill die Gewissheit, dass auch Nora sie begehrte.

Kaum dass Jill eingeschlafen war, verließ Nora das Haus. Zu Fuß machte sie sich auf den Weg in ihr Hotel. Schon unterwegs bereute sie, was geschehen war. Nora ärgerte sich über sich selbst, dass sie all ihre Vorsätze über Bord geworfen und sich auf Jill eingelassen hatte. Das hätte nicht geschehen dürfen. Für sie als von ihrem Chef beauftragte Modejournalistin war ihr Verhalten höchst unprofessionell. Ohnehin – wo sollte das mit Jill hinführen? In etwas mehr als zwei Wochen würde sie nach Deutschland zurückfliegen und sie nie wiedersehen. Es war auch ihr gegenüber nicht fair, denn vielleicht empfand sie mehr als nur Leidenschaft für Nora.

Kapitel 5

Gleich früh am Morgen verfasste Nora den zweiten wichtigen Teil der Reportage, der das Privatleben Jill Kerners in den Mittelpunkt stellte. Über ihre Persönlichkeit, was sie bewegt und was neben ihrer Welt der Mode sonst noch ihr Leben ausmachte, hatte Nora schon im ersten Teil der Reportage zusammengefasst.

Die Modegöttin Jill Kerner residiert in der Upper East Side

Die Upper East Side war schon immer ein Anziehungspunkt für die wohlhabendsten Amerikaner, seit die Rockefellers, Astors, Dukes und Vanderbilts ihre großartigen neoklassizistischen Villen entlang der Fifth Avenue östlich des Central Park zwischen der 59. und der 79. Straße bauten. In einem der größten historischen Viertel von New York findet man in den eleganten Straßen der Upper East Side Beaux Arts-Villen, viktorianische Brownstone-Stadthäuser und Art-Deco- und neugotische Wohngebäude sowie Boutiquen und hervorragende Restaurants. Die Fifth Avenue bildet den östlichen Eingang zum Central Park. Diese Oase in der Stadt bietet zahlreiche Freizeitmöglichkeiten für die ganze Familie:

den Central Park Zoo, die Wollman Rink, Baseballstadien, den Bootsee und feine Restaurants wie Tavern on the Green und Loeb Boathouse. Wer es sich leisten kann, hier zu wohnen, der hat es wahrlich geschafft und gehört zur High Society New Yorks.
Jill Kerner hat es längst geschafft. Mit ihrer neuen Herbstkollektion kommt sie jetzt auch nach Deutschland, und wenn man den Kritikern Glauben schenken darf, wird sie auch das Modeherz der Deutschen im Sturm erobern. Jill Kerners Mode ist nicht nur schick und elegant, sondern auch im Alltag tragbar und obendrein noch hipp und erschwinglich.

Noras Handy meldete eine Nachricht:

Wo steckst Du Nora?
Ich bin aufgewacht und Du lagst nicht mehr neben mir...?
So gerne hätte ich mit Dir gefrühstückt…

Jill

Jill scheint es doch ernster zu nehmen, als mir lieb ist…, dachte Nora in diesem Moment und fühlte sich schlecht dabei. *Sie bereut die letzte Nacht im Gegensatz zu mir offenbar nicht,* führte sie ihren Gedankengang fort. *Was nun?,* ging es ihr weiter durch den Kopf. *Verdammt! Wie konnte ich das nur tun…?*

Nora überlegte fieberhaft, wie sie aus dieser Zwickmühle am besten wieder herauskommen sollte. *Wie soll ich es Jill erklären? Was soll ich ihr sagen? Tut mir leid, aber ich habe mich geirrt? Oder ich bin nicht fähig, etwas mit einer Frau anzufangen, weil ich zu feige dazu bin…? Oder, sorry, Jill, das mit Dir könnte meinem Ruf oder Ansehen als Modejournalistin schaden?*

Nora wusste es ja selbst nicht so genau, warum sie sich so dagegen sträubte. Natürlich war da noch immer die Sache mit Vincent. Ihr Herz konnte in dieser kurzen Zeit einfach noch nicht wieder geheilt sein. Aber trotzdem – eigentlich empfand sie die Gesellschaft von Jill Kerner als sehr angenehm und wohltuend, zumindest seit sie gestern ihre private Seite näher kennenlernen durfte. Vielleicht war es einfach von allem ein bisschen, eine Kombination aus Feigheit, Verletztheit, Trotz, Vorsicht und der Unfähigkeit, sich einer neuen Erfahrung zu öffnen, nicht dazu stehen zu können oder zu wollen… Hinzu kam die öffentliche Demütigung und Verletzung, die ihr Vincent zugefügt hatte. Vielleicht war es aber auch nur die blanke Angst, sich dem Risiko auszusetzen, dass es schief gehen könnte.

Was es auch immer war, Nora musste trotz allem ihren Auftrag in New York und die Reportage professionell zu Ende bringen, wenn es ihr unter diesen Umständen auch schwerfiel. Sie stellte sich unter die Dusche, ging in die Kaffeebar, um zu frühstücken und machte sich anschließend zu Fuß auf den Weg zum Modeimperium Jill Kerner.

Auf Jills Nachricht hatte sie bislang nicht geantwortet. Sie nahm sich vor, Jill erst einmal aus dem Weg zu gehen. Die privaten Informationen, die Jill betrafen, die hatte sie schon alle bekommen, zumindest die wichtigsten, die die Leser des Modemagazins *Serafina* interessieren würden. Auch die vielen, tollen Fotos ihres Hauses hatte sie schon vom Stick auf ihren Laptop gespielt und an Nikolas weitergeleitet. Im Grunde genommen konnte sie sich mit allen anderen Fragen, die die Reportage betrafen, an Sandrine halten. Mit ihr war sie heute ohnehin um halb neun verabredet. Immerhin hatte Sandrine auch den heutigen Termin nicht abgesagt. Trotzdem fühlte sich Nora unwohl in ihrer Haut, als sie die Empfangshalle des Modeunternehmens betrat. Sie steuerte direkt auf Sandrine zu, als sie sie an der Kaffeebar sitzen sah und begrüßte sie freudig.

Sandrine bestellte für Nora einen Cappuccino, den Nora jedoch nicht an der Bar trinken wollte. „Lass uns in Dein Büro gehen, Sandrine. Durch den gestrigen verlorenen Tag

sind wir mit unserem Ablauf ein wenig im Rückstand."
„Es tut mir leid, dass ich den Termin gestern mit Dir nicht wahrnehmen konnte, aber hier ging alles drunter und drüber."
„Kein Problem, ich habe schon im Hotel einiges in Eigenregie erledigen können. Ich habe mich an die Informationen gehalten, die ich von Dir schon erhalten habe und mir noch einige Informationen aus dem Netz geholt."

Als sie in Sandrines Büro angekommen waren, machte Jills Assistentin die Tür hinter sich zu, was sie bisher nicht getan hatte.
„Du warst mit Jill aus, habe ich erfahren...?", fragte sie mit einer schrägen Kopfhaltung und sah Nora dabei merkwürdig an.
„Ja, aber ich habe mich ehrlich gesagt gewundert, dass Du bei diesem geschäftlichen Essen nicht anwesend warst", beantwortete Nora die Frage diplomatisch.
Sie wusste ja mittlerweile, warum Jill auf die Anwesenheit ihrer Assistentin an den beiden vergangenen Abenden verzichtet hatte. Sie verstand auch nur allzu gut, warum Sandrine sich durch das Verhalten ihrer Chefin gekränkt fühlte. Man schloss sie aus. Das war aus ihrer Sicht nicht schön, geradezu unhöflich. Doch Nora konnte nichts dafür.

„Und, hat Dich Jill am darauffolgenden Tag auch zu sich nach Hause eingeladen?“, fragte Sandrine neugierig weiter.
Das ging Nora jetzt doch zu weit. Wenn die beiden Frauen ein Problem miteinander hatten, dann sollten Sandrine und Jill sie da herauslassen.
„Ich denke, das solltet Ihr unter euch ausmachen, Sandrine, und lasst mich dabei bitte heraus“, sagte sie etwas pikiert.
„Entschuldige bitte, ich wollte Dir nicht zu nahetreten. Ich mag Dich und möchte schon deshalb nicht, dass Du etwas tust, das Du hinterher bereust.“

Das war deutlich. Nora merkte Sandrine an, dass sie wusste, was zwischen ihr und Jill geschehen war. Es war ihr unangenehm, denn Sandrine schien irgendetwas in Bezug auf Jill zu wissen, was ihr selbst bisher noch verborgen geblieben war.
„Können wir uns jetzt bitte auf die Reportage konzentrieren und an ihr weiterarbeiten..?“, sagte sie ein wenig irritiert. Innerlich war sie Sandrine für diesen Hinweis jedoch dankbar, er bestätigte nur ihre eigenen Befürchtungen nach dem intimen Geschehen mit Jill. Und sie hatte es in der Tat schon bereut.

Sandrines Telefon klingelte. Es war Jill, die Nora in ihr Büro bat – und zwar alleine. Sandrine ließ es Nora sofort wissen und sah sie dabei eindringlich an. Nora hatte keine Wahl. Jetzt musste sie Jill Rede und Antwort stehen. Der Plan, den Vorfall einfach zu ignorieren und den Mantel des Schweigens darüber zu legen, ging nicht auf. Das hätte sie sich eigentlich schon hätte denken können – wann klappt das auch schon mal? Jill war einfach nicht der Typ, der sich damit zufrieden gab.

„Guten Morgen, Nora. Schön Dich zu sehen. Wie geht es Dir?"
„Guten Morgen, Jill."
„Setz Dich und trink' etwas mit mir, denn die Möglichkeit mit Dir zu frühstücken, hast Du mir ja leider nicht gegeben."
Nora überkam sofort das schlechte Gewissen. Sie schloss die Augen und senkte ihren Kopf zu Boden.
„Was ist geschehen, Nora? Hab' ich etwas falsch gemacht oder Dich gar in irgendeiner Weise verletzt?"
„Nein, nein, Du hast nichts falsch gemacht und Du hast mich auch nicht verletzt."
„Was ist es dann, Nora? Warum gehst Du mir nach einer wunderbaren Nacht schon gleich am nächsten Tag aus dem Weg und stiehlst Dich noch in der Nacht aus meinem Haus?"
„Es hat nichts mit Dir zu tun, Jill."
„Hast Du es schon bereut, was zwischen uns passiert ist oder magst du mich einfach nur nicht genug?"

„Das ist doch Quatsch, Jill. Ich mag Dich sogar sehr, vielleicht mehr, als mir lieb ist.“
„Aber…?“
„Es hätte einfach nicht passieren dürfen!“
„Weshalb nicht“
„Weil es nicht professionell war. Ich bin nicht zu meinem Privatvergnügen hier in New York, sondern um eine Reportage über Dich und Dein Modelabel für unser Modemagazin zu machen.“
„Und was hat das eine mit dem anderen zu tun?“
„Ich trenne in der Regel Privates vom Geschäftlichen?“
„Ich auch und gerade deshalb fällt es mir schwer, Dich zu verstehen. Du befürchtest also, dass Du nicht fähig bist, eine objektive Reportage über das Label Jill Kerner zu machen, nur weil wir uns privat sehr nahe gekommen sind…? Das würde ja im Umkehrschluss bedeuten, Du magst meine Mode nicht und befürchtest, trotzdem positiv darüber schreiben zu müssen, wenn ich Dich richtig verstanden habe.“
„Ich mag Deine Mode sehr. Das war schon immer so. Ich habe also keinen Grund eine negative Reportage darüber zu schreiben. Nur mein Chef, Nikolas Steglitz, würde das anders sehen. Wenn er wüsste, dass ich mit Dir im Bett war, dann weiß ich nicht, wie er darauf reagieren würde…“

„Warum? Hast du etwas mit Deinem Chef gehabt?"
„Nein, natürlich nicht!"
„Was könnte ihn das dann angehen, Nora?"
Jill war über die Wortwahl Noras verletzt, auch wenn sie es vor Nora zu verbergen versuchte.
„Es geht ihm im Grunde genommen nichts an, aber…"
Jill unterbrach sie.
„Was aber…?"
„Ich weiß es doch auch nicht, Jill…", sagte Nora mit Tränen in den Augen.
„Du hast es bereut. Ist das so, Nora?"
„Ja, nein, vielleicht…", sagte Nora total konfus. Sie schlug die Hände vor das Gesicht.
„Du bist verwirrt. Kann es vielleicht sein, dass Du noch nie intim mit einer Frau gewesen bist?"
„Ja, so ist es, Jill. Ich kann damit nur schwerlich umgehen. Hinzu kommt noch die Sache mit Vincent…" Nora weinte.
Jill stand auf, lief um ihren Schreibtisch herum und nahm Nora behutsam in die Arme. Es tat gut, Jills Nähe und Wärme zu spüren.
„Du weißt gar nicht, wie viel Du mir bedeutest", hauchte Jill ihr ins Ohr.
In ihren Armen war Nora einfach wehrlos.
„Lass und heute Abend in aller Ruhe darüber reden, ok? David wird Dich wieder um acht abholen. Ist das in Ordnung für Dich?"
Nora nickte nur stumm. In wenigen Minuten hatte es Jill geschafft, sie wieder umzudrehen

und ihre Bedenken in den Hintergrund zu befördern. Dabei wollte Nora doch stark bleiben und dem Verstand den Vorzug geben.

Nach einem Zwischenstopp auf der Damentoilette, wo sie ihr Makeup von den Auswirkungen der Tränen befreite, kehrte sie in Sandrines Büro zurück. Weder Sandrine noch Nora sprachen darüber, warum Jill Nora allein in ihr Büro beordert hatte, obgleich sich Nora sicher war, dass Sandrine es spürte…

Der komplette Tag war mit umfangreichen Reportagearbeiten ausgefüllt. Nora folgte Sandrine auf Schritt und Tritt, die sie voll und ganz unterstützte, alles erläuterte und zeigte. Sandrine hatte extra den professionellen New Yorker Fotografen Tim Bernhard kommen lassen, der alles perfekt in Szene setzte und auch sonst mit den Aufnahmen für das Modeimperium betraut war. Es machte Spaß, mit Sandrine zusammenzuarbeiten. Sie war professionell, freundlich, hilfsbereit, verlässlich und zuvorkommend. Trotzdem stand plötzlich etwas zwischen ihnen beiden. Nora konnte es fühlen, auch wenn Sandrine kein Wort mehr darüber verlor. Es musste mit Jill zusammenhängen…

Nora war erst kurz vor sieben Uhr zurück im Hotel. Viel Zeit blieb ihr also nicht, um noch an der Reportage zu arbeiten. Um acht würde sie

David schon abholen. Sie verschob die Schreibarbeit deshalb auf morgen. Das hatte sie ohnehin mit Sandrine so besprochen. Morgen würde sie dem Modeunternehmen fernbleiben und sich den Schreibarbeiten für ihre Reportage widmen. Nora warf sich noch einen Augenblick auf ihr Bett, um sich zu sammeln und nachzudenken. Sie seufzte. *Wie würde wohl der heutige Abend mit Jill verlaufen…? Auf keinen Fall würde sie mit ihr wieder im Bett landen. Ohnehin war das nicht ihre Art, das ging ihr alles viel zu schnell. Auf jeden Fall würde sie ihre Bedenken Jill gegenüber ehrlich äußern.*

Kurz nach acht Uhr bestieg sie mit David die Limousine. Sie war nervös, geradezu aufgeregt, aber auch glücklich darüber, Jill in privatem Rahmen wiederzutreffen. Diese Modeschöpferin brachte sie noch um den Verstand. Sie kannte sich selbst nicht wieder. Jill war eine faszinierende Frau und schien es mit Nora ernster zu meinen, als Nora das zunächst erwartet hatte. Vielleicht war das mit einer der Gründe oder überhaupt der Grund, warum sich Nora heute doch wieder mit ihr traf – und das gegen all' ihre Vorsätze und Bedenken.

Jill war alleine im Haus. Das Hausmädchen hatte sie schon nach Hause geschickt. Jill hatte sogar selbst gekocht. Der Tisch auf der

Terrasse war wieder schön gedeckt, der Wein stand auf dem Tisch und es duftete lecker nach ofenfrischem Baguette. Im Hintergrund lief romantische Musik auf einem angenehm niedrigen Lautstärkepegel, sodass man sich ohne Anstrengung miteinander unterhalten konnte. Nora musste zugeben, Jill hatte sich sehr viel Mühe gegeben. Auf dem Tisch stand sogar ein wunderschöner Strauß Blumen, eingerahmt von einigen Kerzen. Jill servierte Salat und einen mit Käse überbackenen Gemüseauflauf mit Kartoffelkroketten, der köstlich schmeckte.

Nora fühlte sich entgegen ihrer eigenen Erwartung ausgesprochen wohl. An diesem Abend ging Jill äußerst behutsam vor. Zu keiner Zeit bedrängte sie Nora in irgendeiner Weise. Jill hielt sich zurück, zeigte ihr jedoch mit Blicken ihre Zuneigung. Nora fühlte sich rundum wohl in ihrer Haut, geradezu geborgen. Jill verlieh ihr eine Sicherheit, die sie so bei Vincent nie erfahren hatte. Jill strahlte eine zufriedene Bestimmtheit aus und wusste von Anfang an, was sie wollte – im Gegensatz zu Vincent von Bosch. Es schien sie auch nicht allzu sehr zu interessieren, was andere davon hielten.

„Nora, möchtest Du mir nicht Dein Herz ausschütten? Du wirkst so verschlossen.

Welche Bedenken hast Du in Bezug auf mich?"
„Einige, Jill, und die kann ich einfach nicht so beiseiteschieben."
„Dann erzähle mir davon."
„Einige habe ich Dir ja schon genannt…", fing Nora vorsichtig an, ihre Gedanken in Worte zu fassen.
„Ja, das hast Du, obgleich ich diese fast alle nicht für glaubwürdig halte. Ok, dass das alles neu für Dich ist und Du deshalb damit nicht so leicht umgehen kannst, das finde ich aus Deiner Sicht schon nachvollziehbar. Aber einmal ist immer das erste Mal…
„Schon klar."
„Kann es sein, dass Du nur einfach Angst davor hast, erneut verletzt zu werden?"
„Ja, auch. Es ist aber auch noch viel zu wenig Zeit vergangen, um über die unschöne Trennung mit Vincent hinweggekommen zu sein. Ich kann meine Gedanken nicht einfach auf Knopfdruck abschalten."
„Das ist mir bewusst, aber Du weißt ja sicher auch, dass uns letztlich nur eine neue Liebe hilft, über eine alte hinwegzukommen. Oder eben viel, viel Zeit."
Nora musste grinsen. Jill war schlau in ihrer Vorgehensweise und überzeugend, fast weise.
„Ja, damit hast Du ganz sicher recht. Seitdem ich Dich kenne, merke ich selbst, dass sich meine Gedanken rund um Vincent und dieses

ganze leidige Thema wesentlich einfacher und auch schneller, als ich gedacht habe, neutralisieren."
„Liebst Du diesen Mistkerl noch?"
Nora riss erstaunt die Augen auf. „Nein, definitiv nicht! Ich zweifle sogar daran, dass ich ihn jemals wirklich geliebt habe."
„Und das ist auch gut so, Nora!", seufzte Jill zufrieden und lauschte dann gespannt, als Nora langsam, aber immer selbstsicherer begann, ihre neue Situation mit Jill zu beschreiben.
Es dauerte einen Moment, bis Nora die richtigen Worte gefunden hatte. „Das mit Dir, Jill, das ist so anders. Es hat so viel weniger mit Egoismus und Rücksichtslosigkeit zu tun, und wir gehen auch wesentlich ehrlicher miteinander um. Außerdem können wir miteinander reden."
„Nun gut, Männer und Frauen haben noch nie dieselbe Sprache gesprochen."
„Ja.. und sie fühlen und denken so anders", pflichtete Nora ihr bei.
„Aber Nora, was ist es dann, was Dich Dein Herz vor mir verschließen lässt, außer dass Du Angst hast, erneut verletzt zu werden und Deine Trennung noch zu kurz her ist?"
„Es ist die ganze Situation, Jill. Ich weiß einfach nicht, ob ich das kann…"
„Was kannst Du nicht, eine Frau lieben…?"
Nora nickte kaum sichtbar..
„Ich weiß es einfach nicht Jill."

„Wenn Du es nicht irgendwann mal versuchst, wirst Du es nie herausfinden."
Nora schaute Jill lange in die Augen.
„Du hast vielleicht recht, Jill."
„Ich habe ganz sicher recht, Nora. Wir alle sind fähig, einen Mann oder eine Frau zu lieben. Die Veranlagung dazu ist prinzipiell in uns allen vorhanden. Man muss es nur zulassen."
„Aber wie soll ich es ausprobieren, ohne Dich vielleicht am Ende doch zu verletzten oder Du vielleicht mich?"
„Ich werde Dich nicht verletzten, Nora, jedenfalls nicht absichtlich. Das verspreche ich Dir."
„Und die Tatsache, dass ich New York in weniger als zwei Wochen wieder verlasse? Das kann ich einfach nicht außer Acht lassen."
„Du musst New York nicht wieder verlassen. Jedenfalls nicht für immer. Ich brauche eine neue Pressesprecherin, denn Sandrine ist als meine Assistentin ohnehin mit dem zusätzlichen Job als Pressesprecherin total überfordert."
Da das Gespräch bei Sandrine gelandet war, fasste Nora Mut und sprach Jill direkt über ihr Verhältnis zu Sandrine an.
„Was ist mit Sandrine, Jill? Habt ihr ein Problem miteinander?"
„Ich habe kein Problem mit Sandrine. Ich schätze sie sogar sehr und möchte sie als

Assistentin nicht missen. Die Betonung liegt jedoch auf Assistentin."
„Was soll das heißen?"
„Das bedeutet, dass Sandrine sich mehr von mir erhofft hat", formulierte Jill ihre Worte vorsichtig.
„Ist sie verliebt in Dich?", rief Nora ungläubig.
„Vermutlich ja, zumindest war sie es einmal. Ich habe ihr jedoch von Anfang an klar gemacht, dass ich ihre Arbeit sehr schätze, doch privat aus uns nichts werden wird und Sandrine hat es akzeptiert.. sagt sie zumindest.."

Jetzt war Nora so manches klar. Sandrine war sicherlich trotz ihrer Versicherung, sich auf ein rein geschäftliches Verhältnis zu beschränken, noch immer heimlich in Jill verliebt und tat sich deshalb schwer damit, dass ihre Chefin Gefühle für Nora hegte. Irgendwie konnte Nora das sogar nachvollziehen und hatte Mitgefühl für Sandrine. Es gab wohl nicht viel Schlimmeres, als eine nicht erwiderte, unerfüllte Liebe.

„Warum..? Was ist denn mit Sandrine?", fragte Jill misstrauisch nach und riss Nora aus ihren Gedanken.
„Ach nichts, ich hatte nur so ein komisches Gefühl wegen ihr…", beantwortete Nora Jills Frage, ohne Sandrine mit ihrer Aussage bei ihrer Chefin anzuschwärzen.

„Könntest Du Dir vorstellen als meine Pressesprecherin zu arbeiten?“
„Darüber habe ich noch nicht nachgedacht, Jill. Es geht mir alles viel zu schnell!“, antwortete Nora aufgewühlt. Das alles kam so plötzlich.
„Zieh zu mir, solange Du noch in New York verweilst. Nur so kannst Du herausfinden, ob auch Du fähig bist, eine Frau zu lieben“, bat Jill sie nun eindringlich und ohne weitere Umschweife.

Nora war total perplex. Dass Jills Gefühle für sie so tief gingen, damit hatte sie wirklich nicht gerechnet. Sie konnte gar keinen klaren Gedanken mehr fassen.
„Nora, es liegt mir fern, Dich zu bedrängen, aber uns bleibt nicht mehr viel Zeit, um uns näher kennenzulernen. Ich möchte, dass Du uns wenigstens eine faire Chance gibst. Du bist mir wichtig, und ich möchte Dich nicht verlieren.“

Jetzt war es heraus. Jill sah Nora erwartungsvoll an und dabei tief in die Augen. Sie war als Privatperson so ganz anders, als die erfolgreiche Modegöttin, die alle Welt von den Laufstegen der Modemetropolen her kannte. Sie war einfühlsam, offen und ehrlich, offenbarte ihre Gefühle direkt und ging damit das Risiko ein, abgewiesen zu werden. Das war der Moment, in dem sich Nora in Jill verliebte. Von Anfang an fühlte sich Nora zu ihr hingezogen, doch sich dann auch wirklich in sie zu verlieben, dazu brauchte es mehr als nur eine nicht näher definierbare Anziehungskraft. Es war ihre empfindsame, fürsorgliche Art, ihr behutsames Vorgehen, ihre Überzeugungskraft und gleichzeitig das Gefühl von Sicherheit, das sie Nora gab. Niemals hatte sie sich bei einem Mann in vergleichbarer Weise so aufgehoben und geborgen gefühlt. Mit Jill konnte man reden, ohne dass sie ihr Vorwürfe machte. Stück für Stück räumte sie die Zweifel aus dem Weg und machte Nora Mut, selbst etwas zu riskieren und die Chance auf ein wenig Glück zu ergreifen.

„Nora, gibst Du uns eine Chance?“, riss Jill sie mit ihrer erneuten Frage aus ihren Gedanken. Nora blickte ihr jetzt direkt in die Augen und erkannte darin Liebe und tiefe Zuneigung. Sie nickte nur, stand vom Tisch auf, nahm Jill, die sich ebenfalls vom Stuhl erhob, bei den Händen und umarmte sie ohne Worte.
„Jill, ich möchte jetzt zurück ins Hotel fahren. Sei mir bitte nicht böse. Ich brauche einfach noch eine Nacht für mich, um über alles nachzudenken. Ich werde bis zu meiner Abreise bei Dir wohnen und uns eine Chance geben. Ob ich jedoch Frankfurt und Deutschland den Rücken kehren werde, um bei Dir als Pressesprecherin zu arbeiten, das

kann und will ich Dir heute Abend noch nicht versprechen. Ich muss das alles noch überdenken und zwar alleine, ohne den Einfluss eines anderen und dann in Ruhe entscheiden."
„Ist in Ordnung, Nora. Wann soll Dich David morgen mit Deinen Sachen vom Hotel abholen?"
„Am besten um dieselbe Zeit wie heute, ich muss ja morgen den ganzen Tag an meiner Reportage arbeiten."
„Dann sehe ich Dich also erst morgen Abend wieder?"
„Ja, Jill."

Jill rief den Fahrer, und Nora bedankte sich bei Jill mit einem Wangenkuss für den wunderschönen Abend. Als sie sich an diesem Abend voneinander trennten, sahen beide sehr glücklich aus. Es war wohl die Vorfreude auf das, was morgen kommen würde…

Kapitel 6

Nora erwachte mit einem Lächeln. Sie dachte über die Worte Jills nach, *nur eine neue Liebe lässt uns über eine verlorene Liebe hinwegkommen – oder eben die Zeit…*

Jill hatte Recht. Seitdem Jill in Noras Gedankenwelt Einzug gehalten hatte und ihre Gefühlswelt mächtig durcheinanderwirbelte, verspürte sie der verlorenen Liebe zu Vincent wegen viel weniger Trauer – langsam gewann der üble Nachgeschmack der bitteren Enttäuschung die Oberhand. Dessen ungeachtet hatte er eine tiefe Wunde in ihr hinterlassen, die sie hinsichtlich zukünftiger Beziehungen, insbesondere was Vertrauen anging, vorbelastete. Die Verlustangst würde sie von nun an begleiten und ein ungutes Gefühl in ihr hervorrufen. Nora nahm sich vor, ihre Ängste und Zweifel in Griff zu bekommen. Jills Liebe würde ihr dabei sicherlich helfen.

Nach dem Frühstück in der hoteleigenen Kaffeebar setzte sich Nora an ihr Laptop und arbeitete an ihrer Reportage weiter. Von ihrem Chef gab es bisher nur Lob über ihr Engagement. Er war insbesondere mit den Hintergrundberichten über die Modedesignerin als Privatperson überaus zufrieden. Die professionellen Bilder über Jill Kerners Luxusresidenz würden die Reportage noch zusätzlich bereichern.

Nora zuckte zusammen, als sich eine neue Email mit einem kurzen Geräusch und einer Einblendung am rechten oberen Rand ihres Bildschirms ankündigte. Die E-Mail war von Vincent, der ihr mit vielen Worten mitteilte, dass er sein Verhalten ihr gegenüber bereue und doch noch Gefühle für sie hegte…

Nora glaubte, ihren Augen nicht zu trauen. Das fiel ihm also so kurz vor der in der Presse angekündigten Hochzeit mit Esther von Hahnstein ein. Das war mal wieder typisch für ihn: zuerst servierte er sie, Nora, kurz vor der geplanten Vermählung ohne jegliche Erklärung ab und jetzt wollte er Esther dasselbe antun. *Was für ein mieser Kerl er doch ist,* schoss es Nora angewidert durch den Kopf. Sie las trotzdem weiter. Vincent wollte sie zurück, obgleich er ihr nicht versprechen konnte, sie doch noch zu heiraten – seine Familie hielt sie zwar noch immer nicht für standesgemäß, doch sie müsse einfach Geduld mit ihm haben, bis sich die Wogen dann allmählich glätteten…

Was wird wohl Esther und ihre Familie dazu sagen? Was stellt Vincent sich eigentlich vor, wie viele Menschen er noch vor den Kopf stoßen kann, ohne mit Konsequenzen rechnen zu müssen?

Wut machte sich in ihr breit. Sie überlegte kurz, ob sie überhaupt darauf reagieren oder seine Bitte um Verzeihung einfach ignorieren sollte. In ihrer Wut und auch der Genugtuung wegen, antwortete Nora ihm spontan, was sicherlich ein Fehler war, aber das Risiko ging sie gerne ein. Wut war stets ein schlechter Ratgeber. Oftmals war Schweigen die bessere, weitsichtigere Variante.

Hallo Vincent,

so leid mir Dein Liebesirrtum auch tut, aber ich denke nicht mal mehr an Dich.
Ich bin in New York, deshalb kann ich Dich nicht einmal bedauern, wenn Du mit Esther vor den Traualtar trittst.

Ich habe mich längst neu verliebt und plane meine Zukunft in New York City.

Mach's gut und alles Gute zu Deiner baldigen Vermählung.

Nora

Es tat so gut, ihm wenigstens einen Teil von dem, was er ihr angetan hatte, zurückzugeben. Nora empfand große

Genugtuung nachdem sie ihm die Antwort gesendet hatte. *Rache ist so süß…*

Danach gingen Nora die Texte ihrer Reportage ganz leicht von der Hand. Sie war dermaßen beflügelt, sodass sie zu Hochform auflief. Sie hätte die ganze Welt umarmen können. Schon gegen 16.30 Uhr war sie für den heutigen Tag fertig. Alle Vorabinformationen waren schriftlich fixiert, erst morgen konnte es also weitergehen. Schon um halb neun war sie am nächsten Tag mit Sandrine verabredet, um ihr bei den ersten Vorbereitungen für die Modenschau der Herbstkollektion über die Schulter zu schauen.

Nora legte sich aufs Bett und hing ihren Gedanken nach. Sie dachte an Jill, bei der sie in der noch verbleibenden Zeit in New York wohnen würde. Sie war diesbezüglich total aufgeregt. *Doch was soll danach kommen…? Möchte ich ganz in New York leben und für Jill arbeiten? Was ist, wenn es schief geht und ich meinen tollen Job in Deutschland dafür aufgegeben habe…? Ich mache mich persönlich und beruflich von ihr abhängig…*

Nora fand darauf so schnell keine Antwort. Es war einfach zu früh, so eine endgültige Entscheidung zu treffen. Die kommenden zwei Wochen würden ihr sicher helfen, eine weitreichendere Entscheidung zu finden. Ihre

Liebe war einfach noch zu frisch, zu fragil, um solch einschneidende Veränderungen einzuläuten. Dafür würde Jill auch Verständnis haben. Sie hatte nichts zu verlieren, Nora sehr wohl. Nora sprang auf und begann, ihre Koffer zu packen. Ohnehin führten diese zermürbenden Gedanken im Moment zu keinem nennenswerten Ergebnis. Sie nahm sich vor, die Zeit mit Jill unbeschwert zu genießen und dem Ganzen eine Chance zu geben. Erst dann würde sie eine endgültige Entscheidung treffen.

Als Nora das Haus von Jill betrat, strömte ihr schon ein verführerischer Duft entgegen. Es roch nach Vanille. Jill hatte das wohlriechende Öl über das Potpourri geträufelt, das im Kerzenschein ihn den Schalen bunt schimmerte. Das Wohnzimmer und die Terrasse waren mit Duftkerzen romantisch dekoriert, die einen verlockenden Duft versprühten. Sogar um den Pool waren Windlichter aufgestellt, die ein warmes Licht verströmten. Sie hatte sich sehr viel Mühe gemacht, Nora in ihrem Haus willkommen zu heißen.

„Ich habe Dich heute schon den ganzen Tag vermisst“, hauchte sie Nora beim Begrüßungskuss ins Ohr.
„Ich Dich auch“, erwiderte Nora.
„Hast Du Hunger? Ich habe für uns gekocht.“

„Ja“, antwortete sie ein wenig verlegen.
„Dann nimm doch schon mal Platz, meine Liebe.“

Jill kam mit einer Flasche Champagner aus der Küche, die sie zunächst einmal in den Eiskübel auf den Tisch stellte.
„Und, wie fühlst Du Dich? Geht es Dir gut?“
„Es geht mir gut, Jill, sogar sehr gut.“
Jill umarmte Nora zärtlich, die ihren Kopf an deren Schulter legte.
„Lass und anstoßen. Ich bin so glücklich, dass Du hier bist.“

Sie öffnete die Flasche, füllte die beiden bereitstehenden Sektgläser und stieß mit Nora auf ihren „Einzug“ an. Der eiskalte Champagner kitzelte im Hals. Nora fühlte sich rundum wohl und freute sich auf die gemeinsame Zeit mit Jill. Vor lauter Glück rückten ihre Zweifel und Bedenken erneut in den Hintergrund. Vergessen waren die Vorsätze, sich Zeit für wichtige Entscheidungen zu nehmen. Wenn sie mit Jill zusammen war, war sie sich sicher, dass ihre Liebe für die Ewigkeit halten könnte – war sie alleine, kamen Zweifel in ihr hoch. Doch heute war heute und morgen würde morgen sein. Nora versuchte so gut wie möglich, ihre negativen Gedanken auszuschalten, was ihr auch gelang, zumindest wenn Jill an ihrer

Seite war. Doch ihre Verunsicherung blieb Jill nicht lange verborgen.

„Nora, berückt Dich irgendetwas? Du siehst so nachdenklich aus." Nora wollte diesen bedeutsamen Abend nicht mit ihren spürbaren Ängsten verderben. Sie erzählte Jill jedoch von dem Brief, den ihr Vincent geschickt hatte – auch, was sie ihm darauf geantwortet hatte. Die beiden Frauen amüsierten sich köstlich darüber. Doch irgendwie glaubte Nora zu erkennen, dass die Kontaktaufnahme Vincents Jill ein wenig Sorgen bereitete. Sie schien, ganz entgegen dem Eindruck, den sie Nora bislang vermittelt hatte, doch die Angst zu haben, Nora könne sich erneut für Vincent entscheiden. Die selbstbewusste, erfolgreiche Modeschöpferin war offenbar, was Liebesdinge anging, auch von Selbstzweifeln und Verlustängsten geplagt.

Der restliche Abend war von Harmonie geprägt - die Nacht von Lust und Leidenschaft. Nora und Jill genossen ihre noch frische Liebe und konnten kaum genug voneinander bekommen.

Dass schon am nächsten Tag eine böse Überraschung auf Nora wartete, konnten sie ja nicht ahnen.

Kapitel 7

Als Nora das Unternehmen Jill Kerner pünktlich um halb neun betrat, fand sie Sandrine nicht wie erwartet am Kaffeetresen vor, obwohl sie sich dort laut Absprache vor Arbeitsbeginn einen Cappuccino gönnen wollten. Jill war schon eine viertel Stunde vor Nora in der Firma eingetroffen, damit sie den Mitarbeitern keinen unnötigen Gesprächsstoff boten, wenn sie dort gemeinsam ankamen. Ihre private Beziehung ging schließlich niemanden etwas an. Hinter vorgehaltener Hand wussten zwar so gut wie alle Mitarbeiter, dass ihre Chefin dem weiblichen Geschlecht zugetan war. Durch Jills Affäre mit ihrer ehemaligen Assistentin Lynett war es sowieso längst kein Geheimnis mehr, dass Jill Kerner lesbisch ist. Nur war es nicht nötig, jede neue Verbindung gleich von Anfang an für alle sichtbar wie auf dem Präsentierteller zu demonstrieren. Hier war Jill aus der Vergangenheit klüger geworden und ließ Besonnenheit walten. Nur eine schien von der neuen Liebe Jills etwas zu ahnen – und das war ausgerechnet Sandrine, die sich wohl anfänglich selbst Hoffnungen auf Jills Zuneigung gemacht hatte.

Nora fand Sandrine in ihrem Büro vor. Sie hatte sogar ihre Bürotür hinter sich geschlossen, was sie sonst so gut wie nie tat. Nora klopfte zaghaft an die Glastür. Sandrine war von außen durch die Scheibe gut zu erkennen. Sie saß hinter ihrem Schreibtisch und nippte an ihrer Tasse, reagierte jedoch nicht auf Noras Klopfen. Sie hob noch nicht einmal den Kopf. Nora trat trotzdem ein.

„Guten Morgen Sandrine", begrüßte Nora sie vorsichtig.
„Morgen", raunte Jills Assistentin und blickte kurz auf.
„Ist alles in Ordnung mit Dir?"
Sie schaute auf und blickte Nora erschreckend kalt in die Augen.
„Ja, was soll denn nicht in Ordnung sein?"
Nora zog es vor, nicht weiter auf ihre Unhöflichkeit einzugehen, doch sie spürte, dass Sandrine vermutlich über ihren Einzug in Jills Haus Bescheid wusste – woher und von wem auch immer.

Obgleich Nora für die Enttäuschung und den eventuell doch tiefer sitzenden Schmerz Sandrines Verständnis aufbrachte, wollte sie sich nicht in dieser Art von ihr behandeln lassen. Schließlich war sie eine erwachsene Frau und Jill hatte ihr nie Hoffnungen gemacht. Außerdem arbeitete sie nun schon einige Jahre für Jill und sie waren nie ein Paar

gewesen und würden es auch nicht mehr werden. So oder so, Sandrine hatte keinerlei Anspruch auf Jill. Es war einfach nicht fair, ihren Frust darüber an Nora auszulassen. Nur weil Jill Sandrines Gefühle nicht erwiderte, musste Nora noch lange nicht auf eine Beziehung mit ihr verzichten. Sandrine musste da erwachsener agieren. Wer war nicht auch schon mal unglücklich verliebt? Gefühle konnte man eben nicht erzwingen. Wenn Sandrine jahrelang unter einer unerwiderten Liebe zu leiden hatte, dann wäre es sinnvoll, sie würde davon endlich Abstand nehmen und die Firma verlassen. Jill konnte wohl kaum ihre Konsequenzen daraus ziehen und ihr eigenes Unternehmen verlassen.
„Können wir mit unserer geplanten Arbeit für den heutigen Tag beginnen, Sandrine?"
„Ja, das können wir", erwiderte sie knapp.

Von diesem Tag an machte die Zusammenarbeit mit Sandrine Borguette keinen Spaß mehr. Sie versuchte zwar, sich Nora gegenüber zusammenzureißen, doch es gelang ihr nicht durchgängig. Die Zeit, die Nora zwangsläufig mit Sandrine verbringen musste, gestaltete sich zunehmend schwieriger. Seit dem Tag, an dem Nora bei Jill eingezogen war, hatte sich das herzliche Verhältnis zwischen ihr und Sandrine ins Gegenteil verkehrt. Ihre Kommunikation war sachlich und von Seiten Sandrines von Kälte geprägt. Gleichwohl verhielt sie sich arbeitstechnisch korrekt, sodass es in der Frage der Kompetenz keinerlei Beanstandungen gab. Ohnehin hätte Nora sie bei Jill nicht angeschwärzt. Nora hatte Mitgefühl mit ihr und das trotz ihres fragwürdigen Verhaltens ihr gegenüber.

Unabhängig davon kam Nora mit ihrer Reportage gut voran. Sie suchte dabei nicht unnötig die Nähe zu Sandrine, sondern erkundigte sich meist direkt bei den Mitarbeitern, die ihr freundlich und kooperativ gesinnt waren. Obwohl sie das sich negativ entwickelnde Verhältnis zu Sandrine emotional belastete, genoss sie die wertvolle Zeit mit Jill, die sich für die noch verbleibenden Tage mit Nora jede freie Minute Zeit nahm und wesentlich früher Feierabend machte, als sie es sonst tat und damit unbewusst die Eifersucht Sandrines immer mehr anstachelte.

Nora und Jill verstanden sich auch außerhalb des Jobs sehr gut, hatten viele Gesprächsthemen und doch mehr Gemeinsamkeiten, als Nora ursprünglich erwartet hatte. Sie gingen kaum aus, schon um öffentlich keine Angriffsfläche zu bieten. Jill war das weniger wichtig als Nora, die noch immer Schwierigkeiten hatte, sich öffentlich zu ihrer Liebe zu einer Frau zu bekennen, auch wenn sie es Jill gegenüber nicht zugab. Jill konnte es unschwer an ihrem Verhalten ausmachen – waren sie allein, dann öffnete sich Nora, waren sie unter anderen Menschen, verschloss sie sich und wirkte Jill gegenüber eher kühl und distanziert. Jill gab sich sehr viel Mühe und versuchte, mit viel Liebe und Verständnis ihr teils noch immer verschlossenes Herz für die neue Beziehung zu öffnen.

Aus Noras Verliebtheit hatte sich in den Tagen und Nächten mit Jill eine enge Bindung entwickelt. Trotzdem wollte Nora noch immer keine endgültige Entscheidung treffen, ob sie nach ihrer Rückkehr nach Deutschland wieder zurück nach New York kommen würde, geschweige denn, ob sie ihren Job in Deutschland beim Modemagazin *Serafina* aufgeben konnte. Ihr Herz tendierte in diese Richtung, denn ihre Gefühle für Jill waren ehrlich und gingen sehr tief. Was sie mit Jill erlebte, ging so viel tiefer, war so viel intensiver als das, was sie bislang mit Männern erlebt hatte. Nicht nur die Kommunikation funktionierte viel besser mit einer Frau – auch auf der Gefühlsebene war alles wesentlich ehrlicher, vor allem unkomplizierter. Mit Jill konnte sie lachen und weinen, musste sich weder verstellen noch eine Rolle einnehmen, um ihr zu gefallen. Jill brachte Noras besten Eigenschaften zutage und glaubte auch an ihre beruflichen Fähigkeiten.

Es waren nur noch wenige Tage bis zu Noras offiziellem Abflugdatum. Ihre Reportage war zur Zufriedenheit von Nikolas Steglitz‘ und den Gremien bei *Serafina* fertiggestellt und die Vorbereitungen zum Druck schon in vollem Gange. Nora erntete viel Lob von ihrem Chef für ihre gute Arbeit und ihren tollen Artikel. Es gab für Nora dahingehend also nichts mehr zu tun, sie konnte sich voll auf Jill und die aufregendste Stadt der Welt konzentrieren. Für diese letzten paar Tage hatte Jill daher extra Termine verlegen lassen und sich so Zeit freigeschaufelt, um ihr New York mit ihren Augen zu zeigen.

Jill war schon in die Firma vorgegangen, als Nora eine Mail mit brisantem Anhang von ihrem Chef erhielt. Es war ein einseitiger Bericht, den ein auflagenstarkes Boulevardblatt in Deutschland an diesem besagten Tag veröffentlicht hatte – einen Tag, bevor Noras Reportage über Jill Kerner in der *Serafina* erscheinen würde. Als Nora den Anhang öffnete, glaubte sie, ihren Augen nicht zu trauen: in Großbuchstaben sprang sie die Überschrift über einem indiskutablen Beitrag an, der sie selbst als Person in den Fokus rückte.

Hat die ehrgeizige Modejournalistin Nora Winter sich mit Sex in das Vertrauen der berühmten Modeschöpferin Jill Kerner geschlichen?

Dabei wollte sie doch noch vor wenigen Wochen den Millionärssohn Vincent von Bosch heiraten… Ist Jill Kerner jetzt vielleicht doch die bessere Partie…?

Welches hinterhältige Spiel spielt diese Modejournalistin Nora Winter, um an ihre Ziele zu gelangen? Setzt sie ihre Reize neuerdings auch bei lesbischen Frauen ein? Unser Blatt erhielt von einer zuverlässigen Quelle brisante Informationen über das „böse“ Treiben der Modejournalistin, die sich für eine Mode-Reportage derzeit noch in New York aufhält.

Nora Winter hat sich auf übelste Weise in das Vertrauen der Grand Dame der Mode eingeschlichen und macht dabei sogar vor dem Einzug in Jill Kerners Millionenvilla an der Upper East Side keinen Halt. Dort verbringt sie nun heiße Sex-Nächte mit ihr, um an wertvolle Informationen über ihr Privatleben zu gelangen, was bisher anderen Modejournalisten verwehrt geblieben ist.

Schon morgen soll Nora Winters Reportage in dem Modemagazin Serafina erscheinen. Der geneigte Leser darf sich also freuen, auch bildlich in das Privatleben der Jill Kerner einzutauchen…

Nora überkam Übelkeit. Ihr Handy klingelte. Sie hatte Mühe, das Gespräch entgegenzunehmen.

„Nora, bitte sag‘ mir, dass das alles nicht wahr ist“, rief Nikolas aufgeregt in den Hörer. Nora saß die blanke Angst im Nacken. Sie war verzweifelt. Was sollte sie darauf nur antworten? Natürlich war nicht wahr, was in dem Schmierblatt geschrieben wurde. Ja, sie wohnte bei Jill und ja, sie war eine Liebesbeziehung mit ihr eingegangen. Aber wie sich das Ganze jetzt las und anfühlte, als ob sie eine berechnende, kaltschnäuzige Person sei, die es darauf angelegt hatte, das alles entsprach in keiner Weise der Realität. Schlimmer noch – all‘ das zog ihre Liebe in den Schmutz und stellte sie als eine Hochstaplerin dar, die nicht zögerte, für ihre journalistischen Ziele alles zu tun.

„Niko, das ist alles gelogen und so was von unfair!“, antwortete sie ihm und hatte Mühe, am Telefon nicht ganz die Fassung zu verlieren.
„Du bist doch nicht lesbisch, Nora, oder?“
Diese Art der Fragestellung veranlasste Nora ihre Gefühle für Jill zu verleugnen – sich selbst zu verleugnen.

„Nein, Nikolas, natürlich nicht!“, log sie nun aus ihrer emotionalen Notlage heraus. „Das alles ist eine Katastrophe! Die Reportage ist schon im Druck und sollte morgen in der *Serafina* erscheinen. Ich muss jetzt zusehen, dass ich das noch stoppen kann. Ich werde Deine Reportage erst mal auf Eis legen. Sie kann unmöglich morgen erscheinen, das würde unserem Magazin nur mehr schaden, als helfen.

Nora fehlten sie Worte. Die ganze Arbeit – umsonst. All‘ ihr Einsatz, ihr Engagement, ihr ganzer Aufenthalt in New York – alles durch eine einzige Veröffentlichung in einem unseriösen Blatt weggewischt und nichtig geworden. Sie konnte es noch immer nicht fassen.

Auch Nikolas war fassungslos. „Wer tut so etwas, Nora?“
Für Nora gab es nur einen Hauptverdächtigen: „Ich vermute Vincent von Bosch dahinter.“
„Vincent?“, rief Nikolas Steglitz ungläubig. „Was hat denn dieses reiche Muttersöhnchen damit zu tun?“
Nora erzählte ihrem Chef von der Mail, die ihr Vincent vor ein paar Tagen geschickt hatte, der daraufhin immer ungehaltener wurde.
„Ich habe Deinen Flug umgebucht. Du wirst also jetzt Deine Sachen packen, aus Deinem Hotel auschecken und noch heute Abend

zurück nach Frankfurt fliegen. Deine Reportagearbeiten sind ja ohnehin beendet."

Nora wurde schwindelig. Das alles kam so überraschend und traf sie wie ein Kugelblitz. *Wie um alles in der Welt soll ich das Jill erklären? Sie würde es ohnehin nicht verstehen, mich womöglich sogar noch der infamen Lüge bezichtigen und dem miesen Bericht der deutschen Boulevardgazette Glauben schenken. Aber wer hat Vincent diese Informationen zugesteckt, dass ich bei Jill wohne und ein Verhältnis mit ihr habe…? Das kann eigentlich nur Sandrine sein… Warum habe ich Jill nur nichts von Sandrines merkwürdigem Verhalten erzählt und ihrer Eifersucht…? Jetzt ist es zu spät dazu, sie wird es bloß als Ausrede ansehen, um den Verdacht von mir abzulenken…*

Nora war plötzlich von Angstgefühlen zerfressen, Panik machte sich in ihr breit. Sie wusste keinen Ausweg, fühlte sich mit dem Rücken zur Wand gedrängt. Sie musste New York sofort verlassen, jetzt hatte sie noch nicht einmal die Möglichkeit, sich zu Jill zu bekennen. Die Situation war völlig aus dem Ruder gelaufen, sie selbst hatte soeben ihre Gefühle zu Jill ihrem Chef gegenüber verleugnet. Es war so viel bequemer und gewohnter gewesen, alles abzustreiten, anstatt ihm einfach die ganze Wahrheit zu erzählen. Nora vergrub ihr Gesicht in ihren Händen, als sie die Tränen nicht mehr zurückhalten konnte. Was hatte sie nur getan? Was für eine Demütigung hatte sie Jill angetan? Noch bevor sie überhaupt in Deutschland mit ihrem Label Fuß fassen konnte, hatte Nora durch ihre Abfuhr, die sie sich bei Vincent nicht verkneifen konnte, diesen Schaden verursacht und das nur, um ihrer Genugtuung Befriedigung zu verschaffen. Welchen unermesslichen Schaden sie damit angerichtet hatte, wurde ihr erst jetzt in vollem Umfang bewusst. Was sie damit Jill angetan hatte, war unentschuldbar.

Die Entscheidung über ihr weiteres Leben traf sich somit von selbst. Sie packte wie in Trance ihre Koffer und fuhr direkt zum Flughafen. Aus dem Hotel hatte sie ja ohnehin schon ausgecheckt. Jill hinterließ sie keine Nachricht. Was hätte sie ihr auch schreiben oder sagen sollen? *Liebe Jill, ich habe Dich soeben verleugnet, weil ich zu feige bin, zu unserer Liebe zu stehen? Oder besser noch, weil ich mich schäme, lesbisch zu sein? Und bitte glaube nicht, was in einem der auflagenstärksten deutschen Boulevardblätter über mich geschrieben wurde. Oder, Sandrine steckt dahinter und macht mit meinen Ex-Verlobten Vincent gemeinsame Sache, aufgrund ihrer unerwiderten Liebe zu Dir…?*

Das klingt alles wie aus einer Seifenoper. Wer würde mir das wohl glauben?

Völlig aufgebracht und unter Tränen verließ Nora mit ihrem Koffer und ihrer Reisetasche Jills Haus, schlich sich wie eine Diebin davon und fühlte sich fast schon so, wie man sie in der Boulevardpresse beschrieben hatte. Obwohl nichts davon der Wahrheit entsprach, schämte sie sich zutiefst. Sie wusste, sie alleine hatte die Macht, das alles ein für alle Mal zu beenden, doch ihr fehlte einfach der Mut dazu. Mit einem Mal war alles vorbei, was wie ein wunderschöner Traum begonnen hatte. Sie wollte New York erobern und die Reportage ihres Lebens schreiben. Jetzt musste sie New York mit Schimpf und Schande verlassen und konnte sich von Jill nicht einmal verabschieden, geschweige denn ihr je wieder in die Augen sehen.

Der Rückflug war ein einziger schemenhafter Akt der Würdelosigkeit. Zusammengekauert in ihren Sitz hing sie noch lange niedergeschlagen ihren Gedanken nach, überlegte, ob sie sich nicht ohnehin letztendlich gegen die Beziehung mit Jill entschieden hätte. Alles fühlte sich in diesem Augenblick so falsch an, so umsonst, so künstlich.

Aus der anfänglichen Verliebtheit war mit der Zeit des Zusammenseins und des gegenseitigen Vertrauens eine große Liebe entstanden, die Nora jedoch zunehmend verwirrte und in einen tiefen, inneren Konflikt mich sich selbst gestürzt hatte. Eine Frau zu lieben, passte nicht in ihr Weltbild. Mit diesen Gedanken döste sie ein. Als das Essen serviert wurde, schrak sie auf und fühlte sich doch unerklärlich befreit, New York und diese verwirrenden Gedanken hinter sich gelassen zu haben. Plötzlich schien Jill so weit weg. Es fühlte sich beinahe so an, als habe sie es in Noras Leben überhaupt nicht gegeben. In diesem Augenblick spürte Nora nur die maßlose Erleichterung, sich ihr nicht stellen zu müssen. Sie war feige, das war ihr schon bewusst, und sie schämte sich auch dafür, aber sie konnte einfach nicht aus ihrer Haut. Die extremen Ereignisse der letzten Wochen, ließen sie noch immer nicht klar denken, zu viel war auf sie eingestürzt. Sie brauchte jetzt vor allem eins und das war Abstand von allem.

Kapitel 8

Nora war bereits mehr als zwei Wochen in Frankfurt. Die Reportage über Jill Kerner war noch immer nicht erschienen. Nikolas Steglitz entschuldigte sich dafür schriftlich bei Jill Kerner – und ausdrücklich nicht bei ihrer Assistentin Sandrine Borguette. Nora hatte ihrem Chef von ihrem Verdacht bezüglich Sandrine berichtet. Auch, dass sie schon seit Jahren heimlich in ihre Chefin verliebt sei, die ihre Gefühle jedoch nicht erwidere. Sandrine Borguette habe das aus Eifersucht oder Rache getan, weil Jill Kerner ihr, Nora, anbot, für die Zeit ihres Aufenthalts in New York in ihrer Villa zu wohnen, was sie natürlich annahm, um sie privat besser kennenzulernen und somit objektiv über sie berichten zu können, die damit ausdrücklich einverstanden war. Die Idee sei von der Modeschöpferin selbst gekommen.

Nikolas Steglitz sah davon ab, Vincent von Bosch zu verklagen. Ohnehin hatte er keine Beweise dafür, dass er der Auslöser des üblen Zeitungsberichts war. Weil das Modemagazin *Serafina* die Reportage nun erst gar nicht veröffentlicht hatte, verpuffte der Racheakt Vincent von Boschs wie Seifenblasen in der

Luft, denn er hätte nur dann Sinn ergeben, wenn die Jill-Kerner-Reportage von Nora Winter dann auch tatsächlich erschienen wäre. Die Blamage lag insofern aufseiten der schäbigen Postille, weil diese eben nicht nachliefern konnte. Möglich, dass sie es bei Jill Kerner oder deren Assistentin versucht hatten. Es folgte jedoch kein weiterer Artikel, der sich diesem Thema widmete.

Trotzdem fühlte sich Nora unwohl und beschmutzt. Doch es half alles nichts, es war strategisch vernünftiger, nichts gegen Vincent zu unternehmen, zumal ihre spontane Reaktion auf seine Mail seinerzeit ohnehin schon genug Schaden angerichtet hatte. Hinzu kam, dass es bislang nur eine Vermutung war, dass Vincent und Sandrine hinter der Aktion steckten. Leider gab es dahingehend keine Gewissheit. Nora war sich zwar sicher, weil alles andere keinen Sinn ergab, beweisen ließ es sich jedoch vermutlich nie. Dafür müsste sie eine Verbindung zwischen Sandrine und Vincent nachweisen, doch das war das Problem.

Jill hatte sich nicht bei Nora gemeldet, auch nicht auf die schriftliche Entschuldigung von Nikolas Steglitz, der ihr als Grund für das Nichterscheinen der Reportage eine „vermutliche Intrige aus dem nahen Umfeld des Modeunternehmens Jill Kerner“ angab.

Also hausgemacht. Vincent von Bosch ließ er absichtlich unerwähnt, denn das hätte ein schlechtes Licht auf sein Modejournal geworfen. Den Zeitungsbericht hatte er ins Englische übersetzt beigelegt. Die Situation war komplex und wurde immer heikler. Dass Jill über die geplatzte Reportage vermutlich erbost war, weil sie sich mit ihrem Modelabel damit in Deutschland bekannt machen wollte, davon ging Nora aus. Immerhin durchkreuzte das auch ihre Pläne und verursachte zusätzlich noch einen Imageschaden für ihr Modeunternehmen.

* * *

Vier Wochen waren nun schon ins Land gegangen, seitdem Nora sang und klanglos aus New York und damit Jills Leben verschwunden war. Die Wogen in der Presse hatten sich mittlerweile gelegt, Noras Gefühlswelt und Gedankenchaos entwirrte sich immer mehr. All' diese äußeren Erwartungen, die an sie gerichtet waren, verflüchtigten sich zusehends. Was zurück blieb, war ein klares, immer unerträglicher werdendes Gefühl der Leere. Sie vermisste Jill und fing an zu bereuen, was sie so ohne jeden Skrupel getan hatte.

Von Tag zu Tag sehnte sie sich mehr nach ihr. So sehr Nora sich auch bemühte, sie bekam Jill einfach nicht aus ihrem Kopf. An den einsamen Abenden, nachdem sie die Redaktion verlassen hatte, grübelte sie darüber nach, ob zu Jill Kontakt aufnehmen konnte. Der Wunsch, sich zu erklären, nahm überhand und beschäftigte ihre Gedankenwelt immer intensiver. Nora war verzweifelt und man sah es ihr auch äußerlich an. Sie litt in erheblichem Maß darunter, dass sie sich niemandem anvertrauen konnte. Allmählich wurde ihr allerdings bewusst, dass sie selbst die Schuld daran trug. *Sie hätte sich doch zu ihrer Liebe bekennen und sich endlich selbst eingestehen können, dass sie eine Frau liebt… Warum fiel ihr das so schwer? Jill hatte damit doch auch keine Probleme und stand sogar im Fokus der Öffentlichkeit.*

* * *

Der Sommer ging zu Ende, die Blätter färbten sich schon rot und fielen allmählich zu Boden. Noras Leben hatte sich in einen farblosen Wust unbefriedigender Pflichten verwandelt. Ja, sie war immer zuverlässig gewesen, gewissenhaft und sich jederzeit ihrer Verantwortung bewusst. Doch in letzter Zeit ergab das alles keinen Sinn mehr. Morgens erhob sie sich lustlos aus dem Bett, tagsüber verfolgte sie nur noch mit einem Ohr die Belange der Redaktion, nachts ließen ihre Gedanken und ihre Gewissensbisse keinen ruhigen, erholsamen Schlaf zu. Sie war einfach nicht mehr bei der Sache, obwohl Pressearbeit und das Schreiben seit jeher ihre Leidenschaft gewesen war.

Ja doch – ihr Leben war schön und erfolgreich. Sie war bereits mit ihren jungen Jahren zu einer anerkannten Redakteurin herangereift, der man auch große Aufträge anvertrauen und sich sicher sein konnte, dass sie sie zur Zufriedenheit der Redaktion bearbeiten würde. Und dank ihrer gewieften Reaktion auf Nikolas‘ Frage nach ihrer sexuellen Orientierung war nichts von der anrüchigen Oberflächlichkeit, die in dem fiesen Artikel der Konkurrenz nicht nur angedeutet wurde, an ihr haften geblieben – im Gegenteil: ihr Leumund war einwandfrei und vorbildlich.

Doch ihr Leben hatte eine Wendung genommen, mit der sie nicht gerechnet hatte. Nora wurde immer mehr bewusst, dass sie etwas gefunden hatte, nach dem alle Menschen streben, das aber nur allzu viele Menschen in ihrem Leben niemals finden, nämlich wahre Gefühle, wahre Verbundenheit und tief empfundene Liebe. Und sie hatte diese Liebe mit Füßen getreten und von sich gestoßen. War es wirklich zu viel verlangt gewesen, dieses Geschenk wertzuschätzen, völlig unabhängig davon, ob sie jemals wieder in den Genuss des Wohlwollens und der Leidenschaft von Jill kommen würde?

In dieser schlaflosen Nacht war Noras Leidensdruck so unerträglich, so groß, dass sie aufstand, sich ein Glas Wasser holte und sich endlich an ihr Laptop setzte, um Jill die Umstände ihrer überstürzten Abreise darzulegen. Auch wenn das nichts ändern würde, zumindest hatte sie es aus sich aus ihrem System geschrieben und sich und ihr Schicksal in Jills Hände gelegt. Sie war mit allen Konsequenzen dazu bereit, sich zu ihrer Liebe Jill zu bekennen. Diese Email, die sie an Jill verfasste, war schwieriger als jede Reportage, die sie bisher in ihrem Leben geschrieben hatte. Doch es blieb kein anderer Weg. Jill würde sie beschimpfen, ihr eine Abfuhr erteilen oder womöglich gar nicht darauf reagieren. Doch dieses Risiko musst sie eingehen. Nora wollte Jill um jeden Preis erklären, was in ihr vorgegangen war, obwohl sie beide doch begonnen hatten, eine vielversprechende, zarte Liebesbeziehung zu leben.

Nach einer ungewöhnlich langen Zeit des Nachdenkens, legte sie ihre Finger auf die Tastatur und begann zu schreiben:

Liebe Jill…

Trotz all‘ meiner Bemühungen der vergangenen Wochen - ich kann Dich einfach nicht vergessen…

Mein erster Gedanke nach dem Aufwachen und mein letzter Gedanke vor dem Einschlafen gilt Dir. Ich kriege Dich nicht aus meinem Kopf und schon gar nicht aus meinem Herzen.

Obwohl ich es mir kaum selbst verzeihen kann, mich ohne Worte oder jedwede Erklärung von jetzt auf gleich aus Deinem Leben gestohlen zu haben, hoffe ich, dass Du mir verzeihen kannst.

Ich weiß, ich war feige. Mein Verhalten war unreif und Deiner nicht würdig. Als Erklärung kann ich nur diesen gemeinen, intriganten Zeitungsbericht anführen, der mich als eine niederträchtige Person darstellte. Mich hat einfach die Panik ergriffen und dazu verleitet, einfach zu fliehen. Es war wohl auch die Angst, Du könntest dem Glauben schenken und an

meinen aufrichtigen Gefühlen für Dich zweifeln.

Und ja, Du hattest Recht, mir fehlte auch der Mut, zu einer Beziehung mit einer Frau zu stehen. Heute wäre ich mit allen Konsequenzen dazu bereit, mich zu meiner Liebe zu Dir zu bekennen.

Ich könnte Dir an dieser Stelle viele Punkte aufführen, warum ich mich so verhalten habe und warum mein Herz noch vor wenigen Wochen für eine neue Liebe und lesbischen Beziehung verschlossen war. Doch das würde nichts ändern.

Mit einem gewissen Abstand, den ich jetzt habe, würde ich heute vieles anders machen, besser und umsichtiger, denn mit meinen unüberlegten Handlungen habe ich mir selbst mein größtes Glück verwehrt.

Ich möchte nur, dass Du weißt, dass ich Dich von ganzem Herzen liebe und Dich nicht vergessen habe und auch nie vergessen werde. Du, Jill, bist meine große Liebe und Anfang und Ende und Sinn von allem. Das habe ich leider zu spät erkannt und ich hoffe, dass Du mir eines Tages doch noch verzeihen kannst…

In Liebe Nora

Als Nora ihren elektronischen Brief an Jill abgeschickt hatte, überkam sie eine unvergleichliche innere Ruhe, die sie so noch nie in sich gespürt hatte. Eine zentnerschwere Last fiel von ihren Schultern, die sie seit Wochen mit sich herumgeschleppt hatte. Das erste Mal seit Wochen lächelte sie wieder. So fühlte sich Glück an, wenn man Liebe schenkte, ohne eine Gegenleistung dafür zu erwarten.

Nora erhoffte sich keine Absolution, keinen Freispruch, erwartete von Jill noch nicht einmal eine Antwort auf ihre Nachricht, zu sehr musste sie Nora mit ihrem Verhalten verletzt haben. Und trotzdem beschloss Nora an diesem Abend, nach New York zurückzukehren. Sie schrieb Nikolas eine Mail und bat um vier Wochen Urlaub, die er ihr am nächsten Tag überraschend sofort gewährte.

Nora wusste nicht, was sie mit ihrem Aufenthalt in New York bezweckte. Sie war sich jedoch im Klaren darüber, dass sie Jill nicht besuchen, noch nicht einmal über ihre Anwesenheit informieren würde. Es genügte ihr, sich in ihrer Nähe aufzuhalten und ihre Anwesenheit zu spüren. Alles andere würde sie in die Hände des Schicksals legen. Sie war sich sicher, wenn die Zeit reif dafür war, würde es dafür sorgen, dass die beiden Frauen sich auch in den unübersichtlichen Schluchten der überlaufenen Metropole New York wiederfinden würden.

Kapitel 9

In New York angekommen, nahm sich Nora ein Taxi und checkte erneut im Iberostar 70 Park Avenue Hotel ein. Sie mochte dieses unkomplizierte Hotel, und es erinnerte sie an die glückliche Zeit mit Jill – inmitten Manhattans, unweit des Modeimperiums von Jill Kerner, fühlte sich Nora ihrer großen Liebe nah. Insgeheim hoffte sie, sie würde Jill dort begegnen. Sie fühlte sich wie befreit. Je weiter weg sie von Frankfurt war, umso besser ging es ihr. Noch immer litt sie unter der üblen Verleumdung, die sie in ihrer Heimatstadt auf Schritt und Tritt verfolgte. Hier in New York war das anders, hier kannte sie niemand, sie konnte einen völligen Neustart wagen. So hatte Nora sich fest vorgenommen, sich im Big Apple nach einem geeigneten Job als Modejournalistin umzuschauen.

In den ersten Tagen zurück in der Stadt, die niemals schläft, ruhte sie sich aus. Sie war erschöpft und ausgelaugt von den Ereignissen der vergangenen Wochen und brauchte ohnehin dringend Urlaub. Am dritten Tag schrieb sie ihrem Chef eine ausführliche Mail, mit der sie ihm fairerweise mitteilte, dass sie vermutlich das Modemagazin *Serafina* verlassen würde. Die Gründe hierfür seien ihm hinlänglich bekannt. Doch eins käme noch hinzu: ihre Liebe zu Jill Kerner. Dies habe in dem verleumderischen Artikel tatsächlich der Wahrheit entsprochen, jedoch habe sie sich nicht mit unethischen Mitteln in das Vertrauen von Jill Kerner geschlichen, sondern sich wahrhaftig ineinander verliebt. Insofern habe sie auch aus diesem Grunde bei ihr in ihrem Stadthaus gewohnt. Gleichzeitig entschuldigte sie sich dafür, nicht den Mut aufgebracht zu haben, ehrlich auf seine Frage zu antworten, als er sich bereits vor Wochen nach ihrem Verhältnis zu Jill Kerner erkundigt habe.

Dann führte sie aus, dass sie alles falsch gemacht habe, als sie sie vor aller Welt verleugnete. Sie liebe Jill noch immer und vermisse sie. Nun sei sie in New York, um zu sehen, ob sie es auch als Journalistin in dieser Millionenstadt schaffe. Und ja, darüber hinaus wolle sie auch Jill Kerner zurückgewinnen und davon überzeugen, dass sie es nun ehrlich mit ihr meine. Er müsse also damit rechnen, dass Nora nicht zu seiner Modezeitschrift zurückkehre. Nikolas reagierte sehr lebenserfahren. Selbstverständlich benutzte er sein neugewonnenes Wissen nicht, um Noras Zukunftspläne zu torpedieren – im Gegenteil, er bedankte sich für ihre Ehrlichkeit und ihr Vertrauen ihm gegenüber und verzieh‘ ihr ihre durch Panik verursachte Überreaktion.

Nora war nun bereits zwei Wochen in New York und Jill noch immer nicht begegnet. Die Jobsuche gestaltete sich doch schwieriger, als sie angenommen hatte, zumindest was eine feste Anstellung betraf. Heute war ihr Geburtstag, den sie alleine verbringen würde. Zu ihrem Ehrentag nahm sie sich vor, das französische Restaurant „Daniel“ zu besuchen, in dem sie sich das erste Mal mit Jill im privaten Rahmen getroffen hatte. Als Nora nach dem Frühstück einen Blick in ihr Mail Postfach warf, fand sie eine Nachricht von Nikolas Steglitz vor. Er gratulierte ihr herzlich zu ihrem Geburtstag und zu ihrem neuen Job in New York City.

„Scherzkeks“, sagte Nora laut und musste über Niko grinsen.
„Als ob es so leicht ist in New York einen Job als Modejournalistin zu finden…“
Gerade, als sie ihm antworten wollte, kam eine zweite Mail von ihm an.

Liebe Nora,

da ich auf meine beste Modejournalistin auch zukünftig nur ungern verzichten möchte, wirst Du schon in wenigen Wochen Deine Tätigkeit in New York City aufnehmen. Von dort aus wirst Du über alle wichtigen Modeereignisse New Yorks

berichten und mir die spannendsten Hintergrundreportagen liefern.

Und bitte, denke bei der Wohnungssuche an den Geldbeutel Deines *armen* Chefs und Zeitungverlegers Nikolas Steglitz, der Dich nach Deinem Urlaub erst einmal frisch und munter in der Redaktion in Frankfurt zurückerwartet, um mit Dir alle Einzelheiten zu besprechen.

Lass es Dir bis dahin gut gehen und feiere Deinen Geburtstag gebührend, wenn es vielleicht auch alleine ist…

Ich erhebe mein Glas auf Dich. Prost!

Bis bald…
Niko

„Nein!", rief Nora laut. „Ich glaub' es ja nicht!" Was für eine Überraschung! Nora war außer sich vor Freude und konnte ihr Glück kaum fassen. Kurzerhand schrieb sie ihrem Chef eine Antwort:

Niko, ich liebe Dich dafür! Danke!!!
Bussy Nora

Das war eine Wendung, mit der nicht zu rechnen gewesen war. Nora war total überdreht und ausgelassen. Sie hätte die ganze Welt umarmen können. Ein wenig trübte sich zwar ihre Euphorie, denn sie würde diesen Anlass alleine bei „Daniel“ feiern müssen. Aber auch das hatte sicherlich seinen Reiz. Zur Feier des Tages kramte sie ein gewagtes Kleid von Meike aus dem Schrank. Es war rot, enganliegend und besaß einen tiefen Rückenausschnitt. Ihre langen, welligen Haare würde Nora offen tragen und sich dezent schminken.

Den ganzen Tag über war sie aufgeregt und konnte es bis zum Abend kaum noch erwarten. Gegen sechs Uhr stellte sie sich unter die Dusche, cremte sich danach sorgfältig mit einer gutriechenden Körperlotion ein und besprühte sich dezent mit ihrem Lieblingsparfüm. Ein letzter Blick in den Spiegel bestätigte ihr, dass sie in puncto Outfit die richtige Wahl für diesen besonderen Abend getroffen hatte.

An der Hotelrezeption ließ sie sich ein Taxi rufen. In weniger als einer halben Stunde kam sie im Restaurant „Daniel“ an und betrat wie vor einigen Wochen die Lounge. Nora steuerte auf die Bar zu und setzte sich auf denselben Hocker, auf dem Jill seinerzeit saß und auf sie gewartet hatte. Nora bestellte sich ein Glas Champagner und prostete in Gedanken Nikolas zu. Was war er doch für ein wunderbarer Chef und Arbeitgeber.

Um kurz vor acht Uhr verließ sie die Bar und steuerte auf den Eingang des Restaurants zu. Ein zuvorkommender Kellner öffnete die Glastür und fragte Nora nach ihrer Reservierung. Er führte sie zu ihrem Tisch – und dort saß Jill. Nora riss die Augen auf, brachte jedoch keinen Laut hervor. Der Kellner rückte ihr den Stuhl zurecht, und Jill blickte Nora, ohne ein Wort zu verlieren, lange in die Augen.
„Jill!? Was machst Du denn hier??!". Nora war perplex. „Woher wusstest Du…?".
„Hallo Nora." Jills Begrüßung war freundlich, aber zurückhaltend. Dann fügte sie mit einem Augenzwinkern ein „Nikolas." Hinzu.
Nora konnte ihr Glück kaum fassen. „Ich freue mich so, dass Du hier bist."
„Was machst Du in New York?"
„Ich werde hier bald als Modejournalistin arbeiten", antwortete Nora mit leiser Stimme.
„So, so, bist Du deshalb zurückgekommen?"
„Nein."
„Warum bist Du dann hier?"
„Wegen Dir! Ich habe es Zuhause einfach nicht mehr ausgehalten. Ich hatte so eine Sehnsucht nach Dir. Ich vermisse Dich jeden Tag mehr. Deshalb bin ich nach New York gekommen. Das mit dem Job, das hat sich eigentlich erst heute ergeben…"

Der Kellner nahm die Champagnerflasche, die Jill bestellt hatte, aus dem Sektkühler und schenkte beiden Frauen ein.
„Herzlichen Glückwunsch zum Geburtstag, Nora."
„Danke.", seufzte Nora glückselig. Sie stießen an.

Jill ließ Nora nicht aus den Augen. Als der Kellner die Bestellung aufgenommen hatte, zog Jill ein kleines Päckchen aus ihrer Tasche und legte es neben Noras Glas. Nora strahlte über das ganze Gesicht, traute sich aber kaum, nach dem Päckchen zu greifen.
„Na, jetzt mach es schon auf", forderte Jill sie auf.

Nora wickelte das Päckchen aus dem goldenen Papier und öffnete den kleinen, türkisfarbenen Karton eines bekannten New Yorker Schmuckherstellers. Ihre Augen strahlten wie die eines Kindes. In dem kleinen Schmuckkarton lag eine geschmackvolle, lange Kette in Silber, an der ein silbernes Herz mit einem kleinen Schlüssel hing, der mit drei funkelnden Brillanten versehen war. Nora verstand die Botschaft nur zu genau, dass man sie jedoch so geschmackvoll und offensichtlich kostspielig übermitteln konnte, rührte sie zu Tränen. Sie zögerte keinen Moment und legte sich die Kette um den Hals. Dann erhob sie sich, beugte sich quer über den Tisch und gab Jill inmitten des gutbesuchten Restaurants einen innigen Kuss auf den Mund. Dann legte sie ihre Hand auf Jills Wange und sah ihr tief in die Augen. „Danke, Jill, Du bist wunderbar. Die Kette ist so wunderschön. Ich hoffe, dass ich eines Tages mit diesem Schlüssel Dein Herz öffnen kann…“. Jill griff nach Noras Hand und küsste sie auf die Innenseite. „Es ist schon für Dich geöffnet, Jill, sonst wäre ich heute nicht hier. Ich bin so froh, dass Du Dich doch noch mal gemeldet hast.“ Dann wischte sich auch Jill kurz die Tränen aus den Augenwinkeln. Sie hielten sich an den Händen, bis der Kellner mit dem Essen kam.

Es dauerte eine Weile, bis das Eis zwischen Nora und Jill ganz gebrochen war, doch schon im Laufe des Abends stellte sich die innige Vertrautheit wieder ein. Nora erzählte Jill von ihrem Jobangebot in New York, wie es dazu kam. Gleich morgen wolle sie sich auf die Suche nach einem Apartment machen. Jill erzählte Nora, dass sie Sandrine gefeuert und seit einigen Wochen eine neue Assistentin habe, die Gott sei Dank verheiratet sei.

Kurz bevor sie aufbrachen, erhob Jill noch einmal ihr Glas und prostete Nora überschwänglich zu. „Auf was trinken wir jetzt...?“, wollte Nora im Spaß wissen und lehnte sich an Jill. „Auf den besten Chef der Welt: Nikolas.“

Ende

Liebe ist das einzige, was wächst, wenn man es verschwendet.

M. L. Stang

Anna Ruch

Anna Ruch ist Jahrgang 1972.

Aufgewachsen ist sie im Rheinland und lebt dort auch seit ihrem 30. Lebensjahr. Ihr eigentlicher Beruf ist Coach und Trainerin.

"Da ich mir bereits mit 12 Jahren sicher war, dass ich eines Tages Bücher schreiben werde, habe ich mich mit 42 Jahren getraut, den Schritt zu machen und meinen ersten Kurzroman "Der Pavillon - Eine Begegnung in New York" zu veröffentlichen. Schreiben ist für mich ein Abtauchen in meine ganz eigene Welt. Niemand sagt mir, was und wie ich denken soll."

Wenn Dir das Buch gefallen hat, hinterlasse gerne eine positive Bewertung bei Amazon, damit auch andere auf die Liebesgeschichte aufmerksam werden:

Das könnte Dir auch gefallen:

Welches Geheimnis hält Saskia Forster vor Sandra Steininger und ihrer Familie geheim?

Das traditionsreiche Modehaus "Penelope" steckt in finanziellen Schwierigkeiten. Sandra Steininger, Tochter des langjährigen Konzernchefs Albert Steininger, schlägt vor, das angeschlagene Familienunternehmen gesundzuschrumpfen. Doch von Entlassungen will ihr Vater nichts wissen.

Stattdessen stellt er hinter dem Rücken seiner Tochter die talentierte Nachwuchsdesignerin Saskia Forster ein, die frischen Wind mit jungem Design in den Betrieb bringen soll.

Saskia Forster ist Sandra, die selbst Designerin ist, von Anfang an ein Dorn im Auge, denn im Gegensatz zu ihr sprüht die junge Designerin nur so vor neuen Ideen, die Sandra schon länger abhanden gekommen sind.

Saskia wird immer neugieriger auf die junge Tochter des Konzernchefs, die sie aufgrund ihrer Erfolgsgeschichte sehr verehrt. Sandra hingegen beschließt, mit Hilfe ihres Bruders, der im Familienunternehmen für die Finanzen zuständig ist, Nachforschungen über Saskia Forster anzustellen.

Doch wer ist die junge, talentierte Designerin, zu der sich Sandra nach einer Weile immer stärker hingezogen fühlt, obwohl sie in starker Konkurrenz zu ihr steht? Woher kommt sie und warum hat ihr Vater ausgerechnet Saskia eingestellt, um deren Herkunft er ein großes Geheimnis macht?

Werden die beiden Frauen irgendwann ihre Differenzen beilegen und einen Weg zueinander finden können?

Wird Veronika von Heineken ihrer neuen Angestellten ihr Herz öffnen?

Im Leben von Luisa Krämer läuft nicht alles wie erhofft. Ihre langjährige Beziehung mit Samantha ging in die Brüche, ihr stressiger Job im Krankenhaus bereitet ihr längst keine Freude mehr. Und überhaupt ist es ihr in ihrer Heimatstadt Berlin viel zu laut, voll und hektisch geworden.

Da kommt ihr das Angebot gerade recht, sich in einem herrschaftlichen Anwesen um die erblindete Malerin Veronika von Heineken zu kümmern.

Vom ersten Moment an fühlt sich Luisa zu der gutaussehenden und weltgewandten Frau hingezogen. Doch Veronika lässt seit ihrer Erblindung niemanden mehr an sich heran und freut sich so gar nicht über Luisas Anwesenheit.

Dass sie nicht mehr malen kann, macht sie unausstehlich und verbittert und bringt damit Luisa an ihre Grenzen.

Kann dieses Engagement gut gehen? Oder wird Luisa nach kurzer Zeit aufgeben und sich einen anderen Job suchen?

Sofia Kessler hat sich frisch verliebt und verlässt deshalb ihre langjährige Freundin Caroline Burmeister und zieht zu ihrer neuen Liebe Xenia Hansen auf die Insel Sylt.

Caroline, die über die plötzliche Trennung am Boden zerstört ist, bleibt mit ihrem Kummer in Hamburg allein zurück.

Doch Sofia stellt schon bald fest, dass sie Caroline schmerzhaft vermisst und ihre neue Liebe nicht das ist, was sie sich erhofft hatte.

Sie bedauert es schon bald, Caroline verlassen zu haben und kehrt nach Hamburg zurück. Aber Caroline ist inzwischen unbekannt verzogen - und niemand weiß, wo sich Sofias Ex-Freundin aufhält.

Endlich findet Sofia einen Hinweis auf Carolines Verbleib und macht sich auf die Suche nach ihr.

Wird Sofia ihre große Liebe Caroline finden?

Und falls ja - wird Caroline ihr jemals verzeihen können...?

Livia Winter
HERZ
SCHMERZ
Roman

Welches falsche Spiel spielt Marlene mit Chiara?

Schon wenige Tage, nachdem Chiara ihre neue Kollegin Marlene kennenlernt, ist die unerschütterliche Romantikerin schwer in sie verliebt.

Doch Marlene glaubt nicht an die Liebe, etikettiert die sich entwickelnde Beziehung zu Chiara beharrlich als Freundschaft, selbst als sie mit ihr unverhofft im Bett landet.

Nach dieser Nacht glaubt Chiara, Marlenes emotionale Blockade endlich durchbrochen zu haben und wähnt sich am Ziel ihrer Träume. Doch schon bald belehrt Marlene sie eines Besseren.

Verliebt, verwirrt und verletzt durchlebt Chiara eine Achterbahn der Gefühle, bis sie sich endlich dazu entschließt, Marlene den Rücken zu kehren und sich einen neuen Job in einer anderen Stadt zu suchen.

Nach einer leidvollen Zeit voller Kummer und Herzschmerz steht eines Tages Marlene vor ihrer Tür…

Aber was will diese unmögliche Frau plötzlich von ihr…?
Möchte Marlene ein neues Spiel mit Chiara starten…?

Können sich nach dieser Zeit der Enttäuschung und des Herzschmerzes noch wahre Gefühle zwischen den beiden Frauen entwickeln?

Was verbindet Emma und Hannah?

An ihrem letzten Abend in New York lernt Hannah Emma kennen. Hannah, eine Karrierefrau, die sich während ihrer zwei Jahre in New York nur auf die Arbeit konzertiert hat. Emma, die taffe Marketingexpertin, die nur durch Zufall an dem Abend auf Hannahs Abschiedsparty erschienen ist.

Die beiden verbringen eine romantische Nacht und verabschieden sich am nächsten Morgen, ohne wirklich was über die andere zu wissen. Dennoch hat sich für beide etwas verändert. Ein tiefes Gefühl der Verbundenheit macht sich in beiden breit und gibt den tiefen Glauben, dass es irgendwann ein Wiedersehen gibt.

"Die Geschichte ist romantisch und gespickt mit Irrungen des Lebens, ohne dabei jemals absurd zu werden. Das Buch liest sich einfach wunderschön und lässt dich ein Teil davon werden." (Lesermeinung)

Impressum

Angaben gemäß § 5 TMG:

Anna Ruch

wird vertreten durch

iSynergy MedienDesign by Kirsten Biema
Rennbaumer Straße 7
42349 Wuppertal

Druck

Amazon.com, Inc.
Seattle, Washington,
Vereinigte Staaten von Amerika

in Europa

Amazon Media EU S.à r.l. (Verkäuferin hinsichtlich der mit "Verkauf durch Amazon Media EU SARL" gekennzeichneten digitalen Inhalte):
Amazon Media EU S.à r.l. (Société à responsabilité limitée), 38 avenue John F. Kennedy, L-1855 Luxemburg (Stammkapital: EUR 12.500; registriert beim RCS Luxembourg; Registernummer: 112767; Business Licence Number: 110001; Ust-ID: LU 20944528). Die Gesellschaft wird gesetzlich vertreten durch Alessio Santarelli.

Printed by Amazon Italia Logistica S.r.l.
Torrazza Piemonte (TO), Italy

80702989R00085